Elisa Lark

HITZEWELLE
erträglich ist es nur im Grab

Kurzbeschreibung

Ein alter Freund von Karl wird am Straßenrand tot aufgefunden. Am Anfang hat es den Anschein, dass sein Herzleiden in Kombination mit der Sommerhitze tödliche Folgen für ihn hatte. Doch nach genauerer Untersuchung stellt sich heraus, dass nicht die Jahreszeit für seinen Tod verantwortlich war, sondern das Opfer extremer Hitze ausgesetzt wurde. Karl macht sich mit seinen Kollegen auf die Suche nach Saunabesitzern, die womöglich einen Grund hatten, das Opfer darin einzusperren und es elendig sterben zu lassen. Als die Spuren zum Saunafass eines befreundeten Ehepaares von Karl führen, greift dieser zu ungewöhnlichen Mitteln, um die Unschuld des Ehepaares zu beweisen, und die Todesursache seines Freundes aufzuklären.

1. Kapitel

17. Juli, nachmittags halb drei in Niederhaibach

„Diese Hitze könnte einen wirklich umbringen“, stöhne ich angesichts der unerträglichen Temperaturen.

„Geh, so schnell stirbt man nicht“, erwidert Rosi, die es sich in ihrem Gartenstuhl bequem gemacht hat.

Mich konnte sie ja nur mit der Aussicht auf einen leckeren Eiskaffee aus dem Haus locken. Leider ist der kleiner ausgefallen, als ich mir das gewünscht hätte. Außerdem besteht der Eiskaffee lediglich aus einer Tasse kaltem Kaffee, einer klitzekleinen Kugel Vanilleeis und ein paar Eiswürfel. Von Sahne oder Schokosoße fehlt jede Spur. Da hat sie mich ja wieder sauber ausgetrickst, meine liebe Rosi

Aber was soll´s?

Ich nehme schließlich was ich kriegen kann.

Rosi verschwindet durch die Balkontür ins Haus, während ich noch einen Schluck vom Eiskaffee nehme. Die kühle Flüssigkeit tut so gut. Ich bin nicht so der Sommertyp. Lieber ist mir das Frühjahr oder der Herbst. Auch der Winter hat seine schönen Seiten, obwohl ich auf das Schneeräumen gut und gerne verzichten könnte.

Als sie wieder zurückkommt, hat sie ein großes Messer und eine Wassermelone im Gepäck. Das versteht meine Frau unter einer kühlen Erfrischung. Früher gab es große Eisbecher mit ein paar Früchten, heute gibt es nur noch gekühlte Früchte.

Meine Frau hantiert mit dem riesigen Messer und teilt die Wassermelone in Viertel, bevor sie Scheiben abschneidet und mir eine davon entgegenhält. Ich kann jetzt nicht sagen, dass Wassermelone meine absolute Lieblingsfrucht ist, aber die Tatsache, dass sie im Hochsommer schön kühlend ist, reicht im Moment.

Ich beiße die Spitze der Viertelscheibe ab und stelle fest, dass die Wassermelone schön süß ist. So schlecht war die Idee von Rosi wirklich nicht, bei der Hitze auf Eiskaffee und Wassermelone zu setzen.

Doch je länger wir auf der Terrasse sitzen, desto heißer wird es. Als mein Eiskaffee leer ist und ich genug Wassermelone gegessen habe, stehe ich auf und ergreife mein leeres Glas.

„Was machst du?“, fragt Rosi mich.

„Ich gehe rein“, antworte ich. „Mir wird es hier zu heiß.“

„Aber etwas mehr Sonne würde dir nicht schaden“, erwidert sie. „Denk an deinen Vitamin D-Spiegel.“

„Was ist mit meinem Vitamin D-Spiegel?“, hake ich nach, wobei ich keine Ahnung habe, was sie überhaupt damit meint.

„Vitamin D kann vom Körper selbst nicht gebildet werden und auch über die Nahrung kann man nur einen geringen Anteil aufnehmen“, erklärt sie mir. „Wir können es nur bilden, indem wir uns in der Sonne aufhalten.“

Ich sehe sie an und frage mich, woher sie das alles weiß. Wann ist meine Frau eigentlich zur Gesundheitsexpertin mutiert?

Irgendwie ist das wohl an mir vorbeigegangen. Sie muss sich darüber informiert haben, während ich gearbeitet habe. Langsam kommt sie mir auf diesem Gebiet wie ein wandelndes Lexikon vor. Aber immer nur auf die Gesundheit achten macht doch auch keinen Spaß.

„Ich denke, ich war jetzt schon lange genug in der Sonne“, sage ich zu meiner Frau, bevor ich mich abwende und ins Haus gehe.

Wenn ich noch länger hierbleibe, dann hole ich mir noch einen Sonnenstich und das ist sicherlich ungesünder, als einen etwas geringeren Vitamin D-Spiegel zu haben. Ich gehe ins Wohnzimmer, wo die Jalousien den Raum verdunkeln und daher die Hitze sehr gut draußen gehalten wird. Es ist vergleichsweise kühl, ja fast schon angenehm hier.

Der Länge nach strecke ich mich auf dem Sofa aus und mache den Fernseher an. So ist es gleich viel besser. Fehlt nur noch ein kühles Bierchen, doch dafür ist es noch etwas zu früh. Außerdem befindet sich bestimmt nur alkoholfreies Bier im Kühlschrank.

Da kenne ich meine Frau gut genug. Bei uns gibt es nur noch richtiges Bier, wenn sich Besuch angemeldet hat.

Je länger ich auf den Bildschirm sehe, desto schwerer werden meine Lider. Die Hitze macht mich fertig und ich fühle mich gleich nochmal fünf Jahre älter. Ich schließe meine Augen, nur um kurz ein kleines bisschen vor mich hin zu dösen.

Wenn ich bedenke, dass diese Hitze noch einige Wochen andauern könnte, sehne ich mich nach der Kälte des Winters. Vielleicht sollte ich über eine Auswanderung in den Norden nachdenken. Allerdings könnte ich niemals dieses wunderbare Bundesland verlassen, in dem ich schon seit meiner Geburt lebe.

Da muss ich wohl die heißen Sommer ertragen und darauf hoffen, dass diese sich nicht allzu lange hinziehen. Ein bisschen Regen ab und zu bringt ja schon vorübergehende Abkühlung. Sogar ein paar Sommergewitter kommen mir da recht, vorausgesetzt es verursacht keine schweren Schäden.

„Willst du den ganzen Tag hier drin verschlafen?“

Rosis Stimme reißt mich aus meinem kleinen Nickerchen und es dauert eine ganze Weile, bis ich soweit wach bin, dass ich ihre Aussage richtig einordnen kann.

„Wieso den ganzen Tag?“, frage ich und versuche ein Gähnen zu unterdrücken.

„Weil es schon Zeit für das Abendessen ist“, entgegnet sie.

Überrascht werfe ich einen Blick auf meine Uhr. Tatsächlich ist es bereits sechs Uhr abends. Da ist es mir schon wieder passiert, dass aus einem kleinen Nickerchen ein ausgiebiges Schläfchen geworden ist.

„Tatsächlich schon so spät“, seufze ich und rapple mich auf. „Was gibt es denn zu essen?“

„Da du dich ja den ganzen Tag beschwert hast, dass es so heiß ist, habe ich etwas Saures vorbereitet“, antwortet sie.

Meine Hoffnung steigt und mein Magen fängt sofort an zu knurren. Wenn ich ganz viel Glück habe, dann gibt es einen Wurstsalat. Das wäre wirklich ein perfekter Abschluss für so einen unerträglich heißen Tag.

Beschwingt stehe ich auf und folge meiner Frau in die Küche. Zumindest dachte ich, dass wir wie gewohnt in der Küche essen. Doch Rosi steuert erneut die Terrasse an.

„Wo willst du denn hin?“, frage ich sie.

„Bei dem tollen Wetter essen wir natürlich wieder draußen“, entgegnet sie.

Ich kann ein Seufzen kaum unterdrücken. Aber die Aussicht auf einen köstlichen Wurstsalat lässt mich sogar die Hitze ertragen. Zumindest ist es nicht mehr ganz so heiß, wie noch heute Nachmittag. Aber von Kühle kann keine Rede sein.

Als ich einen Blick in die Schüssel werfe, die auf dem Tisch steht, verziehe ich das Gesicht. Leider befindet sich darin kein Wurstsalat, sondern Essignudeln. Es ist ja nicht so, dass ich die nicht mag, aber ein Wurstsalat wäre mir definitiv viel lieber.

Rosi nimmt meinen Teller und füllt ihn mit einem Schöpfer Essignudeln. Anschließend greift sie zu einer kleinen Schüssel, in der sich klein geschnittene Tomaten und Paprika befinden. Sie schüttet großzügig fast die Hälfte des Inhalts auf meinen Teller, bevor sie ihn mir übergibt.

Ein leises „Danke“ bekomme ich geradeso hervor. Eigentlich hätte ich auf das Gemüse ja verzichten können. Aber mir das anmerken zu lassen spare ich mir lieber. Ich komme sowieso nicht drumherum, dass ich den Gemüseanteil runterwürge. Daher kann ich es auch gleich einfach so hinnehmen.

„Und schmeckt´s?“, fragt Rosi mich nach dem ersten Bissen.

„Mhm“, murmle ich und zwinge mir ein Lächeln ab.

Einfach nichts anmerken lassen. Damit fahre ich immer am besten.

2. Kapitel

18. Juli, morgens halb acht in Niederhaibach

„Wenn wir mit dem Frühstücken fertig sind, dann gehen wir noch eine Runde“, sagt Rosi, während ich ein Stück von meinem Honigbrot abbeiße.

„Aber zum Spazierengehen ist es doch viel zu heiß“, erwidere ich kauend.

„Deswegen gehen wir ja schon morgens. Da ist es noch nicht so heiß“, entgegnet sie entschlossen.

Wie es scheint lässt Rosi da nicht mit sich verhandeln. Dabei hat sie mich die letzten Tage damit eigentlich weitestgehend verschont. Vermutlich sollte ich mich deswegen auch nicht beklagen.

Während ich mir den Kopf zerbreche, um eine perfekte Ausrede zu finden, klingelt plötzlich das Telefon. Ich stehe auf und gehe in den Flur, um das Gespräch anzunehmen. Ein Blick auf das Display würde mir eigentlich verraten, wer gerade anruft. Leider lassen meine Augen stark nach und ich trage meine Lesebrille nicht, daher nehme ich das Gespräch an, ohne zu wissen, wer dran sein wird.

„Guten Morgen Karl, ich hoffe ich habe dich nicht geweckt“, höre ich Hansis Stimme.

„Geh, ich bin schon lange wach“, flunkere ich etwas, weil ich tatsächlich erst vor etwa einer halben Stunde aus dem Bett geklettert bin.

„Also wenn ich mal in Pension bin, dann werde ich sicherlich nicht mehr vor acht Uhr aufstehen“, seufzt er wehmütig.

„Du hast aber sicherlich nicht wegen meiner Aufstehgewohnheiten angerufen oder?“, hake ich nach.

„Nein, natürlich nicht“, erwidert er. „Ich wollte dir nur sagen, dass wir in Niederhaibach eine Leiche gefunden haben.“

„Was?“, rufe ich ungläubig. „Was ist denn passiert?“

„Bisher gehen wir davon aus, dass es sich um einen natürlichen Tod handelt“, antwortet er. „Vermutlich hat die Hitze einen großen Teil dazu beigetragen.“

„Also kein Mord?“, hake ich nach.

„Es gibt zumindest noch keine Hinweise darauf“, erwidert er. „Aber der Rudi ist mit der Untersuchung noch nicht fertig.“

„Weißt du wie der Tote heißt?“, frage ich in der Hoffnung, dass es sich um keinen Bekannten von mir handelt.

„Ludwig Griesbauer, er war 63 Jahre alt und wohnte mit seiner Frau in Niederhaibach“, erklärt er und in diesem Moment zerplatzt meine Hoffnung.

„Der Griesbauer Lugge?“, frage ich ungläubig.

„Kennst du ihn?“

„Natürlich, ich kenne ihn sogar sehr gut“, antworte ich.

„Das tut mir leid“, sagt er. „Ich habe mir das schon fast gedacht, darum habe ich dich auch gleich angerufen.“

„Wenn es was Neues bezüglich der Todesursache gibt, dann gibst du mir Bescheid gell?“

„Freilich“, erwidert er.

„Hat man ihn zu Hause gefunden?“, frage ich noch, bevor wir das Gespräch beenden.

„Nein, er ist gestern Abend offensichtlich noch spazieren gegangen. Man hat ihn neben einer wenig befahrenen Straße in der Nähe seines Hauses gefunden“, erklärt er mir.

„Und dabei sagen immer alle, Spazierengehen wäre so gesund“, murmle ich und sehe zur Küche.

Rosi wird auch völlig von der Neuigkeit überrumpelt sein. Auch sie kennt den Lugge schon sehr lange und wir haben uns mit ihm und seiner Frau immer gut verstanden. Ab und an haben wir uns abends sogar getroffen, oder sind gemeinsam zu Veranstaltungen gegangen.

„Der Griesbauer Lugge wurde tot aufgefunden“, informiere ich meine Frau, als ich zurück in die Küche komme.

„Was?“, fragt sie und sieht mich mit weit aufgerissenen Augen ungläubig an.

„Wie es scheint hat ihm die Hitze so sehr zu schaffen gemacht, dass er während eines Spaziergangs tot umgefallen ist."

„Das gibt es doch nicht", murmelt Rosi. „Gerade vor zwei Tagen habe ich ihn noch mit seiner Frau beim Bäcker getroffen."

„Da kannst du mal sehen wie schnell es gehen kann. Gerade wenn es so heiß ist, sollte man verdammt vorsichtig sein. Nicht umsonst bevorzuge ich zu dieser Jahreszeit das kühle Innere des Hauses."

Ich sehe sie bei meiner Aussage eindringlich an. Hoffentlich versteht sie meinen Wink mit dem Zaunpfahl. Bei dieser Hitze jagt man doch nicht einmal einen Hund vor die Tür, geschweige denn einen alten Mann. Keine Wunder, wenn es einem da zu anstrengend wird und es zu solch schrecklichen Todesfällen kommt.

Das hätte mir gerade noch gefehlt. Vor Hitze sterben. Noch dazu, wenn es sich vermeiden lässt. In unserem Alter muss man da einfach ein bisschen besser auf sich achten. Es kann verdammt schnell gehen, dass man Herzprobleme bekommt, oder sie vielleicht sogar hat und nichts davon weiß. Anstrengungen sollte man daher vermeiden, vor allem wenn es so schrecklich heiß ist.

„Karl, du verhältst dich ja fast wie ein Vampir. Das kann nicht gesund sein. Ich sage ja nicht, dass du einen Marathon laufen sollst, aber so ein kleiner Spaziergang in den frühen Morgenstunden ist sicherlich gesundheitsfördernd und nicht gefährlich“, erwidert sie.

„Das hat der Lugge wohl auch gedacht“, entgegne ich und sehe sie mahnend an.

„Du glaubst doch nicht wirklich, dass ein leichter Spaziergang ihn umgebracht hat?“

Mit hochgezogenen Augenbrauen wartet sie auf eine Antwort von mir. Dabei sieht sie mich vorwurfsvoll an.

„Bevor wir uns jetzt hier streiten, warten wir einfach bis Rudi mit der Untersuchung der Leiche fertig ist. Dann werden wir ja sehen, ob die Hitze in Verbindung mit der Anstrengung für Lugges Tod verantwortlich ist“, entgegne ich ihr.

„Wie du meinst“, sagt sie schnippisch, bevor sie aufsteht und den Tisch abräumt.

Ich werfe einen Blick in die Zeitung. Nebenbei trinke ich meinen Kaffee und warte auf Hansis Anruf. Normalerweise kann es nicht mehr allzu lange dauern, denn für gewöhnlich ist Rudi sehr schnell mit seiner Arbeit.

„Bist du jetzt soweit?“, fragt Rosi, nachdem sie das Geschirr in die Spülmaschine geräumt hat.

„Soweit?“, frage ich stirnrunzelnd. „Wofür soweit?“

„Na für unseren Spaziergang“, antwortet sie, als wäre es völlig selbsterklärend.

„Ich gehe ganz sicher nicht spazieren. Hast du mir vorher eigentlich zugehört?“, hake ich nach.

„Karl, es hat draußen noch nicht mal zwanzig Grad. Das ist gerade mal normale Zimmertemperatur“, entgegnet sie seufzend. „Du willst dich doch nur drücken.“

„Ich will nur nicht riskieren, dass es mir genauso wie dem Lugge ergeht“, brumme ich und frage mich langsam, ob meine Frau mich vielleicht loswerden will.

Bevor sie protestieren kann, klingelt das Telefon erneut. Es ist wie eine Fügung Gottes und mit etwas Glück befreit mich dieser Anruf aus meinem Dilemma.

„Karl, ich bin es nochmal. Der Rudi hat etwas gefunden. Hast du Zeit vorbeizukommen?“, höre ich Hansis Stimme.

„Was ist mit Lugge?“, hake ich besorgt nach.

„Ich weiß es auch noch nicht, aber Rudi hat uns angerufen und gesagt, dass die Todesursache womöglich nicht natürlich ist.“

„Ich bin schon auf dem Weg“, entgegne ich und greife nach meinem Schlüssel.

3. Kapitel

18. Juli, morgens halb neun in Straubing

Wenn ich nicht so in Eile wäre, würde ich jetzt bremsen und warten, bis die Ampel erneut auf grün schaltet. Doch im Moment ignoriere ich, dass es schon dunkelorange leuchtet und drücke ein bisschen mehr aufs Gas. Mit einem zugedrückten Auge geht es noch als orange durch.

Am Revier angekommen stelle ich mein Auto auf dem Parkplatz ab. Als ich aussteige, spüre ich die drückende Hitze. Von wegen, in den Morgenstunden ist es noch nicht so heiß. Ich fühle mich schon jetzt wie in einer Sauna.

Erleichtert stoße ich den Atem aus, als ich das Gebäude erreiche. Natürlich ist es im Inneren des Reviers auch noch gut warm, aber es ist kein Vergleich zu der Hitze vor der Tür.

„Guten Morgen“, sage ich zu der Kollegin aus dem Schreibbüro, die mir im Treppenhaus begegnet.

Sie trägt ein kurzes Sommerkleid und weiße Sandalen. In dieser Jahreszeit beneide ich die Frauen wirklich, denn meine Rosi lässt nicht zu, dass ich mit kurzer Hose und Socken in den Sandalen aus dem Haus gehe. Daher trage ich auch zu dieser Jahreszeit lange Hosen und geschlossene Schuhe. Das macht die Hitze natürlich nicht unbedingt erträglicher.

Als ich das Büro betrete, sieht Hansi von seinem Bildschirm auf. Simones Stuhl ist leer und ich sehe mich fragend um.

„Wo ist denn Simone?“, hake ich nach.

„Die ist schon am Tatort“, entgegnet er.

„Tatort?“, frage ich mit einer dunklen Vorahnung. „Willst du sagen, dass Lugge ermordet wurde?“

„Na ja, so wie es aussieht schon.“

„Dann war es nicht die Hitze?“, hake ich nach.

Das würde bedeuten, dass meine Frau wieder mal recht behält und ich muss zukünftig wieder diese verdammten Spaziergänge machen.

„Doch, er ist tatsächlich an Überhitzung gestorben, allerdings ist dies nicht der Jahreszeit und der Sonne geschuldet“, antwortet er.

Ich runzle die Stirn.

„Jetzt sprichst du in Rätseln.“

„Rudi hat festgestellt, dass er wohl an einem Herzversagen gestorben ist, dies allerdings durch extreme Hitze, die vermutlich durch einen extrem langen Saunaaufenthalt ausgelöst wurde.“

„Willst du damit sagen, dass der Lugge bei dem Wetter zu lange in der Sauna war?“, frage ich ungläubig.

„Wir gehen davon aus, dass er das nicht freiwillig getan hat. Außerdem war er dabei wohl angezogen und außerdem hatte er einen Blutalkohol von über zwei Promille“, antwortet Hansi.

„Ja, der Lugge hat schon gerne mal einen über den Durst getrunken, aber Saunagänger war er definitiv nicht. Außerdem hatte er sowieso Herzprobleme und damit geht man doch nicht in die Sauna oder?“

„Ich wollte gerade seine Frau anrufen und sie nach dem Gesundheitszustand ihres Mannes fragen“, erwidert Hansi.

„Ja, dann mach das mal!“, fordere ich ihn auf.

Daraufhin nimmt er den Telefonhörer und wählt eine Nummer. Ich lehne mich währenddessen in meinem Schreibtischstuhl zurück und lasse die Informationen erst einmal sacken.

Es kann doch nicht sein, dass mein alter Freund umgebracht wurde. Dann auch noch auf so bestialische Art und Weise. Es muss die Hölle sein in einer Sauna eingesperrt zu sein und nicht entkommen zu können. Sein Herzleiden hat ihm dann wohl auch noch den Rest gegeben. Wobei unter diesen Umständen hätte es ihn wohl auch ohne Herzleiden dahingerafft.

Ich höre, wie Hansi mit der Ehefrau von Lugge telefoniert. Ich könnte das jetzt wirklich nicht, dafür bin ich viel zu nahe dran an dem Opfer und seiner Frau. In diesem Moment könnte ich ihre Tränen nicht ertragen, denn ich habe selbst noch mit der Nachricht zu kämpfen.

Hansi muss jetzt Lugges Frau schonend beibringen, dass ihr Mann womöglich sogar absichtlich umgebracht wurde, denn dort wo Lugge aufgefunden wurde, gibt es keine Sauna. Außerdem hat Hansi mir den Bericht der Forensik über den Tisch geschoben, den ich mir gerade ansehe. Es wurde auch festgestellt, dass Lugge nicht am Fundort gestorben ist. Er wurde dort lediglich aufgefunden. Jemand muss ihn also nach seinem Tod aus der Sauna getragen und anschließend einfach neben einem Feldweg abgelegt haben.

Jetzt gilt es herauszufinden, ob es ein Unfall war und der Finder der Leiche einfach nur im Schockzustand die Leiche verfrachtet hat, oder ob es sich um einen handfesten Mord handelt.

Allerdings kann ich mir beim besten Willen nicht vorstellen, wer Lugge so sehr gehasst haben könnte, dass er ihn in einer Sauna elendig krepieren ließ. Natürlich gibt es auch noch die Möglichkeit, dass der Mord gar keine Absicht war und es lediglich seinem schwachen Herzen geschuldet ist, dass er den Aufenthalt in der heißen Hölle nicht überlebt hat. Aber dann wäre er ja nicht angezogen gewesen.

Ich höre wie Hansi Lugges Frau nach Herzproblemen oder sonstigen Krankheiten fragt. Da ich weiß, dass er diese hatte, brauche ich ihre Antwort gar nicht hören. Er bittet sie, uns die Medikamentenliste ihres Mannes zukommen zu lassen und zum Ende des Gesprächs fragt er sich auch noch nach möglichen Feinden.

„Frau Griesbauer wir wollen den Tod Ihres Mannes ganz genau untersuchen, und verhindern, dass wir irgendwas übersehen. Daher informieren wir uns so genau bei Ihnen“, erklärt er ihr.

Offensichtlich kommt ihr die Fragerei spanisch vor und sie fragt sich jetzt natürlich, ob ihr Mann womöglich nicht eines natürlichen Todes gestorben ist.

Ich sehe im Bericht nach dem Todeszeitpunkt. Es muss gestern zwischen Spätnachmittag und abends gewesen sein. Aber wo wäre Lugge denn um diese Zeit in eine Sauna gegangen?

Hansi stellt diese Frage gerade Lugges Frau. Eigentlich sollten wir ja zu ihr fahren und sie von Angesicht zu Angesicht befragen. Doch die Kollegen waren heute gleich frühmorgens nach dem Auffinden der Leiche schon bei ihr und haben sie über den Tod ihres Mannes informiert.

Daraufhin ist Lugges Frau offensichtlich von ihrer Schwester abgeholt worden. Diese dachte wohl, es wäre besser, wenn sie in dieser Situation nicht alleine wäre. Das ist natürlich nachvollziehbar, allerdings wohnt die Schwester über hundert Kilometer entfernt, da können wir nicht einfach mal schnell bei ihr vorbeifahren.

Als Hansi den Hörer auflegt, sehe ich ihn erwartend an.

„Du hattest recht, er hatte ein schwaches Herz und musste Tabletten nchmen. Außerdem waren ihm Saunagänge vom Arzt verboten“, erzählt er mir.

„Daher gehe ich davon aus, dass er nicht freiwillig in der Sauna war“, entgegne ich.

„Vielleicht war er zu betrunken, um daran zu denken, dass er nicht in die Saune gehen sollte“, vermutet Hansi.

„Na ja, zwei Promille waren jetzt für Lugge nicht so viel, dass er sich nicht mehr ausgekannt hätte. Außerdem geht bei der Hitze kein normaler Mensch in die Sauna. Schon gar nicht der Lugge.“

„Dann hat ihn vielleicht tatsächlich jemand dort eingesperrt“, murmelt Hansi.

„Die Frage ist nur, wer?“

Ich stoße seufzend den Atem aus und schließe für einen kurzen Moment die Lider. Es muss die Hölle für Lugge gewesen sein, als er in die Sauna gesperrt war und wusste, dass er es womöglich nicht überleben wird.

4. Kapitel

18. Juli, vormittags halb zehn in Straubing

Simone kommt mit einer Kaffeetasse zurück. Bei diesen Temperaturen ist mir weiß Gott nicht nach heißen Getränken. Auch Hansi hat darauf verzichtet. Nur Simone macht die Hitze offensichtlich nichts aus. Tapfer nippt sie an der dampfenden Tasse.

„Du bist heute so still“, sagt sie plötzlich und sieht mich nachdenklich an.

„Ich kann noch immer nicht fassen, dass der Lugge vielleicht umgebracht wurde“, entgegne ich nachdenklich.

Das macht mir ganz schön zu schaffen. Kein Wunder, immerhin verbindet mich mit ihm eine lange Freundschaft und es will mir einfach nicht in den Kopf, dass ihm einer ans Leben wollte.

„Vielleicht wurde er ja tatsächlich nicht absichtlich in die Sauna gesperrt. Womöglich war es ein Versehen“, sagt Simone beschwichtigend.

„Wie sperrt man denn jemanden aus Versehen in eine Sauna?“, hakt Hansi mit hochgezogenen Augenbrauen nach.

Simone wirft ihm einen tadelnden Blick zu und schüttelt dabei kaum merklich den Kopf.

Offensichtlich wollte sie mich mit ihrer Aussage etwas aufmuntern und Hansi hat das zunichte gemacht.

„Ist es denn absolut sicher, dass er in einer Sauna ums Leben kam?“, frage ich nochmal nach.

„Rudi meint das wäre die einzig logische Erklärung für seinen Tod. Es gibt eindeutige Anzeichen für eine Überhitzung des Körpers und sein Herzleiden hat die ganze Sache sicher noch beschleunigt“, erklärt mir Simone, die sich von Rudi ausführlich über die Todesursache aufklären ließ.

„Wurden eigentlich Spuren an Lugges Leiche gefunden, die auf den Tatort hinweisen?“, hake ich nach.

„Die Kollegen sind noch dabei die sichergestellten Spuren zu untersuchen“, erwidert sie.

„Dann wissen wir also noch gar nichts über den Mord“, murmle ich enttäuscht.

„Karl, wir wissen erst seit ein paar Stunden, dass dein Freund keines natürlichen Todes gestorben ist“, wirft Hansi ein.

„Vielleicht wäre es ja besser, wenn du bei diesem Fall außen vor bleibst. Wir können die Ermittlungen auch ohne dich durchführen“, schlägt Simone vor.

„Auf keinen Fall“, entgegne ich. „Ich werde unter allen Umständen bei den Ermittlungen dabei sein.“

„Wie du willst“, entgegnet Simone schulterzuckend.

„Aber das wird ziemlich hart für dich werden“, wirft Hansi ein.

„Hauptsache wir finden heraus, was Lugge wirklich zugestoßen ist“, murmle ich seufzend.

„Hat das Opfer eigentlich Kinder?“, fragt Hansi.

Ich schüttle den Kopf.

„Nein, Lugge und seine Frau sind ungewollt kinderlos. Seine Frau hat lange unter diesem Umstand gelitten, aber sie haben sich mittlerweile damit abgefunden und ihr Leben auch ohne Kinder gut eingerichtet“, antworte ich ihnen.

In jungen Jahren, haben die beiden stark mit ihrem Schicksal gehadert. Vor allem Lugges Frau konnte nicht damit umgehen, dass sie keine Kinder empfangen konnte. Doch Lugge hat ihr dies nie zum Vorwurf gemacht, sondern immer zu ihr gehalten. Aus irgendeinem Grund schien es ihm leichter zu fallen, mit der Diagnose seiner Frau umzugehen. Sie hielten all die Jahre zusammen und ich bin überzeugt davon, dass die beiden eine gute Ehe führten.

Außerdem wüsste ich beim besten Willen nicht, wer etwas gegen den Lugge hätte haben können. Er war nett, freundlich und überall gern gesehen.

„Karl, du kennst doch den Bekannten- und Freundeskreis des Opfers. Gibt es denn da einen Verdächtigen, der ihn womöglich tot sehen wollte?“, fragt Simone, als hätte sie gerade meine Gedanken lesen können.

„Das habe ich dir doch schon gesagt. Lugge wurde von allen gemocht und hatte keine Feinde“, antworte ich leicht genervt.

Normalerweise bin ich ja ein geduldiger Mensch, doch in diesem Fall liegen meine Nerven wirklich blank.

„Kennst du einen von euren Freunden in Niederhaibach, der eine Sauna hat?“, fragt mich Hansi.

Angestrengt denke ich nach. Das Problem ist, dass mich solche Dinge für gewöhnlich nicht interessieren. Warum auch?

Es ist schließlich jedem selbst überlassen, was er sich in seinen Keller einbaut. Wenn ich natürlich gewusst hätte, dass dies einmal für eine Mordermittlung wichtig ist, hätte ich da besser aufgepasst, was die Leute im Wirtshaus so alles erzählen.

Nach einer Weile fällt mir wieder ein, dass die Rosi mal was von einem Saunafass nach Hause brachte. Leider erinnere ich mich nicht mehr, wer sich das Teil angeschafft hat.

„Wartet mal, ich frag meine Frau, die weiß sowas.“

Ich greife zum Telefonhörer und rufe zu Hause an. Es dauert ziemlich lange, bis meine Frau das Gespräch endlich annimmt.

„Servus Rosi, du ich habe mal eine Frage“, begrüße ich sie.

„Ich hoffe es ist wichtig, denn du hast mich gerade aus dem Keller gesprengt“, sagt sie vorwurfsvoll und hängt ein theatralisches Seufzen dran.

„Ja, es ist wichtig“, erwidere ich. „Du hast doch mal was erzählt, dass einer im Dorf sich so ein Saunafass in den Garten gestellt hat. Wer war denn das?“

„Die Meiler Luise und ihr Mann Quirin haben sich doch so ein Fass letzten Herbst gekauft“, antwortet Rosi.

„Und wer hat sonst noch eine Sauna bei uns im Dorf?“, hake ich nach.

„Die Gudrun hat noch eine Sauna im Keller“, erwidert sie.

„Sonst noch jemand?“

„Keine Ahnung, für gewöhnlich unterhalte ich mich nicht über Saunen“, sagt sie leicht genervt. „Kann ich mich jetzt wieder um die Wäsche kümmern? Ansonsten hast du bald nichts mehr anzuziehen.“

„Ja, ja schon gut. Bis heute Abend.“

Ich lege den Hörer auf und meine Kollegen sehen mich neugierig an.

„Das Ehepaar Meiler hat sich letzten Herbst ein Saunafass in den Garten gestellt und unsere Friseurin hat eine Sauna im Keller stehen“, erzähle ich ihnen. „Und weder die Meilers, noch Gudrun wären zu einem Mord fähig.“

„Bist du dir da so sicher?“, hakt Simone nach.

„Gudrun ist zwar ein Tratschweib, aber ganz sicher keine Mörderin.“

„Dann sollten wir uns zuerst mal das Ehepaar Meiler ansehen“, schlägt Hansi vor.

„Die Meilers haben den Lugge bestimmt auch nicht umgebracht“, brumme ich.

„Aber vielleicht war es ja ihr Saunafass, in dem er umgekommen ist“, wirft Simone ein. „Die Kollegen sollten auf jeden Fall Proben von dem Saunafass nehmen.“

Natürlich hat Simone recht, auch wenn es mir nicht gefällt, dass bei guten Freunden von mir rumgeschnüffelt wird und sie indirekt einer Straftat bezichtigt werden. Dennoch ist es die einzig logische Vorgehensweise, alle Saunen im Dorf zu untersuchen.

Der Gedanke, es könnte tatsächlich einer unserer Nachbarn gewesen sein, widerstrebt mir jedoch gewaltig.

5. Kapitel

18. Juli, mittags halb zwölf in Niederhaibach

Die glühende Sonne zur Mittagszeit ist wirklich unerträglich. Nun stehen wir vor der Haustür der Meilers und warten darauf, dass sie uns die Tür öffnen. Hoffentlich bitten sie uns zuerst ins Innere des Hauses. Leider steht das Saunafass ja im Garten, daher müssen wir dann wieder in die Sonne, wenn wir es ansehen wollen.

Endlich wird die Haustür geöffnet und Herr Meiler steht vor uns.

„Karl", sagt er überrascht. „Servus, was machst du denn hier?"

Er sieht irritiert zu Simone und Hansi, bevor er mich wieder anblickt.

„Hast du einen Moment für uns?", frage ich ihn.

„Klar, kommt rein!"

Er macht uns den Weg frei und führt uns in die Küche, wo seine Frau gerade am Herd steht, und das Mittagessen kocht. Als sie uns bemerkt, begrüßt sie uns freundlich. Allerdings ist der verwirrte Ausdruck auf ihrer Miene nicht zu übersehen.

Wenn ich alleine gekommen wäre, dann hätte sie sicherlich gedacht, es wäre ein rein privater

Freundschaftsbesuch, auch wenn ich normalerweise nicht zu jenen gehöre, die einfach unangekündigt bei jemandem zu Hause auftaucht. Die Tatsache, dass ich jedoch noch Hansi und Simone im Schlepptau habe, verwirrt sie verständlicherweise.

„Setzt euch doch!“, fordert Luise uns auf. „Wollt ihr was trinken?“

„Nein danke, wir bleiben nicht lange“, lehne ich ab.

Normalerweise bin ich ja sofort dabei, wenn mir während der Arbeitszeit eine Tasse Kaffee und womöglich noch ein Stückchen Kuchen angeboten wird. Doch in diesem speziellen Fall bin ich einfach nur froh, wenn wir unsere Befragung abgeschlossen haben und meine Freunde wieder verlassen können. Vorzugsweise mit der Erkenntnis, dass sie nichts mit Lugges Tod zu tun haben.

„Na dann schießt mal los! Warum seid ihr hier?“

Bei der Frage meines alten Freundes, sieht er mich mit zusammengekniffenen Augen an. Er kann sich wohl schon denken, dass wir nicht zum Spaß hier sind.

„Es geht um euer Saunafass im Garten“, sage ich zu ihm.

Daraufhin runzelt er die Stirn und Luise schüttelt irritiert den Kopf.

„Ist es nicht zu heiß, um in die Sauna zu gehen?“, fragt er nach kurzem Bedenken und verzieht dabei amüsiert die Mundwinkel.

Wenn er erst erfährt, dass es um die Aufklärung von Lugges Todesumstände geht, dann wird ihm das Lachen sicherlich vergehen. Mir ist nicht wohl bei dem Gedanken ihm so sagen, dass wir hier sind, weil wir prüfen wollen, ob er nicht vielleicht für den Tod von unserem Freund verantwortlich ist.

„Es geht um den Lugge“, sage ich schließlich zögerlich.

Für einen Moment herrscht Stille und ich sehe im Gesicht der beiden, dass sie angestrengt nachdenken.

„Was hat unsere Sauna mit dem Lugge zu tun?“, fragt Luise nach einer Weile.

„Das würde mich auch interessieren“, stimmt ihr Mann zu und sieht mich dabei mahnend an.

So wie es aussieht hat er längst kapiert, was hier vor sich geht und er nimmt es mir bereits jetzt übel. Ich kann es ihm nicht verdenken. Immerhin sind wir befreundet und ich bin hier, um zu überprüfen, ob es nicht vielleicht seine Sauna war, die Lugges Tod ausgelöst hat.

„Hattet ihr sie in letzter Zeit in Betrieb?“, frage ich und ignoriere seine Anspielung.

„Schon seit Wochen nicht mehr. Wir nutzen die Sauna natürlich vorwiegend, wenn es kalt ist“, antwortet Luise.

„Hätten Sie etwas dagegen, wenn unsere Kollegen sich die Sauna mal genauer ansehen?“, wirft Hansi ein.

Offensichtlich wird er schon wieder etwas ungeduldig und möchte das hier abkürzen. Vermutlich hat er schon Hunger, Zeit dafür wäre es ja. Ein Wunder, dass sich mein Magen noch nicht beschwert, aber das ist wohl der gegenwärtigen Situation geschuldet. Bei der Mordermittlung eines guten Freundes vergeht sogar mir der Appetit.

„Warum sollte die Polizei sich unser Saunafass ansehen?“, fragt mein alter Freund und sieht mir dabei direkt in die Augen.

Eine Weile halte ich dem Blick stand, doch dann weiche ich ihm aus. Ich kann den Vorwurf in seinen Augen deutlich erkennen und wenn ich mich nicht irre, ist da auch Verachtung dabei. Hoffentlich kostet mich diese Ermittlung nicht eine alte Freundschaft.

„Wir machen nur unsere Arbeit“, entgegne ich und eigentlich möchte ich ihm noch so viel erklären, aber mir fehlen die richtigen Worte.

„Was hat die Polizei mit Lugges Tod überhaupt zu tun? Ich dachte der hatte einen Herzinfarkt“, sagt Luise.

„Es stimmt schon, dass sein Herz versagt hat und er deshalb gestorben ist. Allerdings gibt es Hinweise, dass dies durch starke Hitze ausgelöst wurde und vielleicht sogar absichtlich herbeigeführt wurde.“

Bei meinen Worten sehen mich die Meilers völlig entsetzt an.

„Bedeutet das etwa, Lugge wurde umgebracht?“

Luise findet als erstes ihre Stimme wieder. Bei ihrer Frage starrt sie mich an, als hätte sie einen Geist gesehen.

„Es wäre möglich“, gibt Simone schließlich zu, als mir die Stimme versagt.

„Und da tauchst du hier auf, weil du uns verdächtigst?“

Mein alter Freund sieht mich bei seiner Frage enttäuscht und ungläubig an. Er wirkt, als würde er gerade vom Glauben abfallen. Es ist kein Wunder, sicherlich würde ich genauso reagieren, wenn mich ein alter Freund mit diesem Vorwurf konfrontieren würde.

Dabei glaube ich gar nicht, dass er etwas damit zu tun hat. Wir müssen einfach nur jeder noch so kleinen Spur nachgehen und da gehört eben jeder dazu, der eine Sauna hat. Das wird nur leider die Enttäuschung meines alten Freundes nicht beschwichtigen. Für ihn bin ich hier, weil ich ihm den Mord an Lugge zutraue und das wird er mir so schnell nicht verzeihen. Ich bin mir noch nicht einmal sicher, ob er dies überhaupt kann.

„Natürlich verdächtige ich dich nicht“, antworte ich ihm beschwichtigend.

„Das ist die normale Vorgehensweise bei Ermittlungen“, eilt mir Simone zu Hilfe.

Auch meine Kollegen bemerken, wie unangenehm die Situation für mich ist. Vielleicht wäre es doch besser gewesen, ihren Vorschlag anzunehmen und mich aus den Ermittlungen rauszuhalten. Aber das bin ich dem Lugge nun einmal schuldig und das werde ich auch durchziehen. Egal mit welchen Widrigkeiten ich mich herumschlagen muss.

„Bei wem warst du denn dann schon alles?“, fragt Luise mich herausfordernd und verschränkt die Arme vor der Brust.

Wie es scheint, haben sich die beiden gegen mich verschworen. Jetzt fängt sie auch noch an mich anzugehen, nur weil ich ihnen die Nachricht überbringe, dass wir ihre Sauna unter die Lupe nehmen müssen.

„Ihr seid die ersten“, gebe ich zu. „Aber nur, weil es mir wichtig ist, euch gleich als erste zu entlasten.“

Das ist nicht gelogen. Ich mache drei Kreuzzeichen, wenn meine Freunde aus dem Verdächtigenkreis raus sind.

6. Kapitel

18. Juli, mittags halb eins in Niederhaibach

Ich bin wirklich erleichtert, als wir das Grundstück der Meilers verlassen. Glücklicherweise haben sie letztendlich zugestimmt, dass unsere Kollegen das Saunafass untersuchen dürfen. Bei der Verabschiedung wirkten beide ziemlich kühl. Ich bin mir ziemlich sicher, dass unsere Freundschaft nun einen Knacks hat und bezweifle, dass dieser sich vollständig beheben lassen wird.

Aber wie sagt man so schön, die Zeit heilt alle Wunden. Dann hoffe ich mal, dass dieser Spruch auch hier zutrifft.

„Ich habe jetzt Hunger“, sagt Hansi, als er den Motor startet. „Karl, wo gibt es hier was zu essen?“

„Unser Dorfwirt hat derzeit Betriebsurlaub“, entgegne ich.

Es ist sehr selten, dass unser Wirt zu hat, aber einmal im Jahr nötigt ihn seine Frau zu zwei Wochen Urlaub. Da muss er dann mit ihr ans Meer fahren. Es ist wie in jeder Ehe, die Frau sagt die meiste Zeit, wo es lang geht.

„Dann fahren wir gleich *Zur Gemse*“, beschließt Hansi und lenkt den Wagen auf die Straße.

Langsam kehrt auch mein Hungergefühl zurück. Kein Wunder, immerhin habe ich heute Morgen nur sehr spartanisch gegessen. Jetz, da die Befragung meiner Freunde beendet ist, bin ich etwas erleichtert. Jetzt freue ich mich auf eine anständige Mahlzeit. Mit einem vollen Magen lässt sich schließlich alles leichter ertragen.

Im kühlen Inneren des Restaurants ist noch jede Menge Platz frei, wohingegen der Biergarten fast vollständig besetzt ist. Dennoch steuert Simone auf den Außenbereich zu.

„Wir können uns doch hier hinsetzen, da ist genügend frei“, versuche ich meine Kollegen vom Innenbereich zu überzeugen.

„Bei dem schönen Wetter setzen wir uns doch nicht rein. Dort drüben ist noch ein schönes Schattenplätzchen frei“, erwidert Simone.

Sie ignoriert meinen Vorschlag gänzlich und auch Hansi folgt ihr nach draußen. Seufzend stoße ich den Atem aus. Was haben die Leute nur immer mit dem Sommer?

Alle sind begeistert davon, draußen in der Hitze zu sitzen, anstatt sich im Kühlen zu entspannen. Für mich ist das unverständlich, aber alleine möchte ich mich natürlich auch nicht drinnen an den Tisch setzen.

Zumindest befindet sich der freie Tisch unter einem großen schattenspendenden Kastanienbaum und überraschenderweise ist es hier tatsächlich recht angenehm zu sitzen. Natürlich ist es heiß, weil die ganze Luft einfach aufgeheizt ist, aber da ab und an ein kleines Lüftchen durch den Biergarten zieht, lässt es sich einigermaßen aushalten.

Ich bestelle mir ein kühles Radler und einen Schweinebraten. Vermutlich sollte ich mir etwas Leichteres zu Essen bestellen, aber ich lasse mich von der Hitze nicht in meiner Ernährung beeinflussen. Das macht meine Frau schon zur Genüge. Wenn sie nicht dabei ist, dann bestelle ich mir das, was ich gerne esse. Unabhängig davon, ob es der Jahreszeit angemessen ist.

Simone bestellt sich einen Salatteller mit Putenstreifen und Hansi einen Wurstsalat. Ich bin sicher, dass der Wurstsalat von den Nährwerten nicht gesünder ist als mein Schweinebraten. Zumindest bekomme ich noch etwas Sauerkraut dazu, und das sind doch Vitamine und Nährstoffe genug.

Als unsere Getränke kommen, nehme ich einen großen Schluck aus meinem Glas. Anschließend lehne ich mich im Stuhl zurück und höre zu, wie Simone mit den Kollegen der Spurensicherung telefoniert und sie zum Haus der Meilers schickt.

„Wie finden wir jetzt heraus, wer noch alles eine Sauna hat?“, fragt mich Hansi.

Ich zucke mit den Schultern.

„Keine Ahnung“, entgegne ich. „Ich könnte meine Frau darauf ansetzen, dass sie sich umhört. Allerdings können wir nicht einfach bei jedem auftauchen und Zutritt zu der Haussauna verlangen.“

„Nur wenn sie uns freiwillig passieren lassen. Allerdings wissen wir ja sofort, wenn jemand dies verweigert, dass er vermutlich etwas zu verbergen hat“, erwidert er.

„Aber wer sagt denn, dass der Lugge in Niederhaibach einen Hitzschlag hatte?“, hake ich nach. „Derjenige, der ihn an der Fundstelle abgelegt hat, könnte ja auch von weiter weg gewesen sein.“

Hansi nickt zustimmend und auch Simone, die mittlerweile ihr Gespräch beendet hat, runzelt die Stirn.

„Vielleicht haben wir ja Glück und die Kollegen finden bei den Meilers schon Beweise“, sagt sie schließlich.

„Was wäre denn daran Glück?“, brumme ich.

„Ich weiß, dass du mit dem Ehepaar befreundet bist. Aber es gehört nun einmal zu unserer Arbeit, dass wir jeder noch so kleinen Spur nachgehen.“

Simone sieht mich entschuldigend an, während ich lediglich einen zustimmenden Laut entlasse. Natürlich weiß ich, dass Simone recht hat. Aber dennoch redet sie von meinem Freund und würde sich darüber freuen, ihn hinter Gitter stecken zu können.

„Die Meilers waren es nicht. Dafür lege ich meine Hand ins Feuer“, antworte ich.

Dabei gehöre ich gewöhnlich nicht zu den Menschen, die solche Aussagen leichtfertig tätigen.

Doch in diesem Fall bin ich mir absolut sicher, dass in der Sauna meiner Freunde nichts gefunden wird, was sie auch nur im Geringsten verdächtig machen würde. Und nur die Tatsache, eine Sauna zu besitzen macht einen noch lange nicht verdächtig.

Die Kellnerin kommt mit dem Essen und alleine beim Anblick knurrt mein Magen. Er ist es nicht gewohnt, dass ich ihn so lange ignoriere und auf Essen verzichte. Für gewöhnlich nasche ich am Vormittag immer irgendwas und wenn es nur ein Stück Obst oder ein paar Nüsse sind.

Natürlich geschieht dies vorwiegend zu Hause, wo meine Frau dafür sorgt, dass ich nur gesunde Snacks zu mir nehme. Wenn ich unterwegs oder in der Arbeit bin, sind es meist nicht so gesunde Sachen.

Ich schneide ein Stück vom Kartoffelknödel ab und tunke es in die dunkle Soße. Natürlich gehört Krustenbraten mit Dunkelbiersoße zu meiner Lieblingszubereitungsart bei Schweinebraten. Die Soße mit dem Knödel schmeckt köstlich und als nächstes probiere ich ein Stück von der reschen Kruste.

Nur mit Mühe kann ich ein Stück davon abschneiden und als ich es in den Mund schiebe, beiße ich vorsichtig darauf. Ich habe nicht mehr alle Originalzähne und daher muss ich bei so harten Sachen etwas vorsichtig sein.

Dritte Zähne kosten eine Menge Geld und man muss sich besonders darauf aufpassen. Einmal habe ich mir ein Eck davon mit einer Nuss abgebissen. Die Rechnung vom Zahnarzt war nicht gerade ein Schnäppchen.

„Ich hätte mir auch den Schweinebraten bestellen sollen“, murmelt Hansi plötzlich und hat seinen Blick auf meinen Teller gerichtet.

Offensichtlich ist er mit seinem Wurstsalat nicht ganz so glücklich. Ich muss aber zugeben, dass mein Schweinebraten nicht nur verdammt lecker aussieht, sondern noch viel besser schmeckt. Ich habe schon lange nicht mehr so gut gegessen.

„Er schmeckt wirklich göttlich“, stimme ich ihm zu.

„Ist dein Wurstsalat denn nicht gut?“, fragt Simone.

„Doch schon, aber wenn ich den Schweinebraten so sehe, dann würde ich gerne tauschen.“

Auffordernd sieht er mich an.

„Vergiss es“, erwidere ich kopfschüttelnd. „Ich habe mir den Schweinebraten nicht umsonst bestellt. Nach Wurstsalat ist mir so gar nicht.“

7. Kapitel

18. Juli, nachmittags halb drei in Niederhaibach

Als ich nach Hause komme, suche ich nach meiner Frau. Ich wollte sie bitten, für mich über ihren Dorfratschenfunk herauszubekommen, wer in Niederhaibach alles eine Sauna hat. Doch wie es scheint ist meine Frau ausgeflogen.

Ich nutze diesen Umstand und gehe in den Keller, wo sich die Gefriertruhe befindet. Als ich einen Blick hineinwerfe suche ich nach Eiscreme. Tatsächlich werde ich fündig, auch wenn es sich nur um ein kleines Wassereis handelt. So eine kühle Nachspeise ist genau das, was ich jetzt brauche.

Noch bevor ich es mir damit im Wohnzimmer gemütlich machen kann, kommt Rosi nach Hause. Ich höre die Haustür und schon kurz darauf öffnet meine Frau die Wohnzimmertür.

„Kaum komme ich nach Hause, treffe ich dich schon wieder beim Naschen an“, sagt sie vorwurfsvoll.

„Das ist nur ein ganz kleines Wassereis“, verteidige ich mich.

„Hast du denn schon zu Mittag gegessen?“, hakt sie nach.

„Ja, ich war mit den Kollegen was Essen“, antworte ich und hoffe, dass sie nicht gleich nachfragt, was ich mir bestellt habe.

Aber sie muss gar nicht nachfragen, denn sie kennt mich gut genug.

„Lass mich raten, du hast einen Schweinebraten verdrückt“, sagt sie und zieht dabei ihre Augenbrauen in die Stirn.

„Ich konnte einfach nicht widerstehen“, murmle ich schulterzuckend.

Sie rollt mit den Augen, bevor sie das Wohnzimmer wieder verlässt.

„Dann gehen wir später noch eine Runde“, sagt sie und zieht die Tür ins Schloss, bevor ich protestieren kann.

Ich stoße seufzend den Atem aus und frage mich, ob ich diesem Spaziergang irgendwie entgehen kann. Leider komme ich wohl nicht drumherum und somit bleibt mir nur die Hoffnung, dass es erst in den kühleren Abendstunden soweit ist.

Als ich mit dem Eis fertig bin, mache ich mich auf die Suche nach meiner Frau. Immerhin habe ich noch einen Auftrag für sie. Ich treffe sie wie erwartet in der Küche an.

„Ich hätte da noch eine Bitte“, sage ich zu ihr.

Sie sieht zu mir auf, während sie gerade die Kaffeemaschine mit Wasser füllt. Ihr Blick ist eine Mischung aus Vorwurf und Misstrauen. Sie nimmt mir meinen Speiseplan von heute noch übel und zudem hat sie eine dunkle Vorahnung, dass ich sie gleich um Hilfe bitte. Allerdings weiß sie sicher schon jetzt, dass ihr der Auftrag nicht gefallen wird. Sie spioniert ihre Bekannten nicht gerne aus, was ich natürlich verstehen kann. Doch um den Mord eines Freundes aufzuklären, kann man schon einmal über seinen eigenen Schatten springen.

„Was willst du?“, fragt sie und verschränkt dabei ablehnend ihre Arme vor der Brust.

„Wir müssen wissen, wer alles eine Sauna hat“, erkläre ich ihr. „Und ich habe mir gedacht, dass du das vielleicht schneller rausbekommst, als wenn wir uns auf die Suche danach begeben.“

Natürlich kann Simone und die anderen jungen Kollegen mit ihren Möglichkeiten am Computer dies heute schnell herausfinden, dennoch glaube ich, dass meine Frau dies noch schneller schafft.

„Ich habe mich heute schon etwas umgehört“, sagt sie nach einer Weile, in der sie mich auf die Folter gespannt hat.

Das passt zu meiner Rosi. Nach außen tut sie immer so abweisend, doch im Inneren liebt sie mich so sehr, dass sie mir sogar bei meinen Ermittlungen hilft, ohne dass ich sie darum bitte.

„Und du hast etwas rausgefunden?“, hake ich neugierig nach.

„Ich habe dir die Namen auf eine Liste geschrieben.“

Sie geht zur Küchenschublade neben dem Kühlschrank und holt einen zusammengefalteten Zettel hervor. Ich nehme ihn entgegen und falte ihn auseinander. Ich kenne alle Namen darauf und die meisten davon sind lediglich Bekannte aus dem Dorf. Keinen davon zähle ich zu unserem engeren Freundeskreis.

Vielleicht ist Lugge ja in einer von diesen Saunen gestorben. Ich werde den Kollegen die Namensliste übermitteln, dann können sie dafür sorgen, dass sie Zutritt zu den Saunen erhalten und diese auf Spuren untersuchen können.

Gerade als ich zum Telefon greife, um meine Kollegen anzurufen, klingelt es. Ich sehe auf dem Display die Nummer vom Revier und nehme das Gespräch an. Am anderen Ende höre ich Hansis Stimme. Das war wohl Gedankenübertragung.

„Karl, wir haben die Untersuchungsergebnisse von der Sauna der Meilers“, informiert er mich. „Wir haben dort eindeutige Spuren vom Opfer gefunden.“

Die Information dauert ewig, bis sie schließlich in meinem Gehirn ankommt. Das ist einfach nicht möglich.

„Da muss ein Irrtum vorliegen“, murmle ich völlig schockiert.

„Leider nein“, entgegnet er. „Die Kollegen haben alles genau untersucht.“

„Hansi, das sind meine Freunde. Sie haben den Lugge nicht umgebracht.“

„Vielleicht war es ja ein Unfall und sie haben lediglich vor Schock die Leiche verschwinden lassen“, sagt Hansi und ich höre an seiner Stimme, dass er von seinen Worten selbst nicht überzeugt ist.

„Wir fahren zu den Meilers, um nochmal mit ihnen zu reden“, sagt Hansi. „Kommst du mit?“

Ich zögere auf seine Frage zu antworten. Eigentlich könnte ich darauf gut und gerne verzichten. Andererseits, was wäre ich für ein Freund, wenn ich sie in dieser schwierigen Phase alleine lassen würde?

„Ja, ich komme mit“, entschließe ich daher.

„Wir sind gleich bei dir und holen dich ab“, erwidert er und beendet mit dieser Aussage das Gespräch.

Ich lege das Telefon weg, gehe zum Esstisch und setze mich auf die Bank. Völlig mit der Information überfordert starre ich ins Leere und versuche einen klaren Gedanken zu fassen.

„Karl, was ist denn?“, fragt meine Frau hörbar besorgt.

„Die haben in dem Saunafass der Meilers Spuren vom Lugge gefunden“, bringe ich leise hervor.

„Was?“, ruft Rosi ungläubig und setzt sich zu mir an den Tisch. „Soll das heißen, Luise und ihr Mann sollen etwas mit Lugges Tod zu tun haben?“

„Den Spuren nach gehen die Kollegen jetzt zumindest davon aus“, antworte ich und stoße seufzend den Atem aus.

„Du kennst die beiden. Sie waren mit dem Lugge genauso befreundet wie wir. Die würden ihm doch niemals etwas antun“, sagt sie mit fester Stimme.

„Natürlich weiß ich das. Aber wir haben die beiden befragt und sie haben beide behauptet, dass Lugge nie in ihrer Sauna war und sie auch nichts mit dem Tod von ihm zu tun haben“, erwidere ich. „Wenn da jetzt doch Spuren vom Lugge sind, dann haben die beiden mich angelogen.“

„Du musst ihre Unschuld beweisen!“, fordert sie leise und sieht mich eindringlich an.

„Wenn das so einfach wäre“, murmle ich seufzend.

8. Kapitel

18. Juli, abends halb fünf in Niederhaibach

Als Hansi und Simone bei mir ankommen, gehe ich mit einem verdammt mulmigen Gefühl auf den Wagen zu. Bevor ich einsteige, sehe ich zu Rosi, die mit besorgter Miene in der Haustür steht und mich traurig ansieht. Nur zu gerne würde ich ihr den Wunsch erfüllen, und unsere Freunde entlasten.

Im Auto herrscht bedrückende Stille. Meine Kollegen wissen, wie sehr mich die neuen Erkenntnisse treffen und belasten.

„Gibt es wirklich keine Chance, dass da ein Fehler vorliegt?“, frage ich nach einer Weile.

Simone schüttelt den Kopf, während Hansi starr auf die Straße blickt.

„Leider nein“, antwortet sie nach kurzem Zögern. „In der Sauna wurden Haare des Opfers gefunden. Und das ist leider nicht alles. Sogar ein Stück Stoff vom Hemd des Opfers konnte sichergestellt werden.“

„Vom Hemd in dem er aufgefunden wurde?“, frage ich ungläubig.

Simone nickt und sieht mich dabei mitleidig an.

Das würde dann ja bedeuten, dass Lugge tatsächlich an seinem Todestag in dem Saunafass der

Meilers war und das auch noch bekleidet. Ich muss meinen Kollegen leider recht geben. Es sieht stark danach aus, dass meine Freunde mich eiskalt belogen haben. Ich kann es einfach nicht glauben. Wir kennen uns schon so viele Jahre und sind wirklich gut befreundet. Wie können sie mich da so anlügen?

Kurz darauf kommen wir bei den Meilers an. Ich ringe das Verlangen, einfach im Wagen sitzenzubleiben, während meine Kollegen die Befragung durchführen, nieder. Zumindest versuche ich es.

Simone und Hansi sind bereits ausgestiegen und als ich zögere, sieht Simone mich fragend durch die Fensterscheibe an. Ich schlucke schwer, bevor ich meinen Mut zusammennehme und schließlich aus dem Auto steige.

„Du musst nicht mit“, flüstert Simone mir zu.

„Doch, das muss ich“, seufze ich und schenke ihr ein müdes Lächeln.

Nur zu gerne würde ich ihr Angebot annehmen, doch ich war noch nie feige und werde jetzt ganz sicher nicht damit anfangen. Außerdem möchte ich meinen Freunden in die Augen sehen, wenn sie der Lüge überführt werden. Ich möchte überprüfen, ob sie zumindest ein schlechtes Gewissen haben, oder mir weiterhin dreist ins Gesicht lügen.

Simone drückt den Klingelknopf und kurz darauf öffnet Luise auch schon die Haustür. Sie wirkt überrascht, als sie uns sieht und zieht ihren Kopf wie eine Schildkröte zurück.

„Eure Kollegen waren schon da“, informiert sie uns.

„Darum sind wir nochmal hier“, entgegnet Simone und als Luise irritiert in der Tür stehenbleibt, hängt Simone noch eine Frage an. „Dürfen wir nochmal reinkommen?“

Luise wirkt erschrocken, als Simone sie anspricht und weicht sofort einen Schritt zurück.

„Natürlich“, bringt sie schließlich hervor und macht den Weg frei.

Auf dem Weg zur Küche ruft sie nach ihrem Mann. Dabei kann sie die Aufregung in ihrer Stimme nicht unterdrücken. Quirin kommt aus dem Wohnzimmer und als er uns sieht, verengen sich seine Augen. Er fixiert mich regelrecht und ich sehe ihm an, dass unser Besuch ihm überaus unangenehm ist.

Er wendet sich schließlich ab und geht in die Küche. Dort setzen wir uns alle an den Esstisch und es breitet sich eine drückende Stille aus. Es wirkt, als würden alle nur auf den großen Knall warten und genaugenommen tuen wir das auch in gewisser Weise. Jeder weiß, dass gleich eine Bombe platzen wird. Die Frage ist nur, wer traut sich als erster das Gespräch zu beginnen.

Ich halte mich zurück, denn wenn ich Quirin den Mord unterstelle, wird er mir vermutlich nicht nur die

Freundschaft kündigen, sondern auch an die Gurgel springen. Hansi ergreift als erster das Wort.

„Unsere Kollegen haben bei der Untersuchung des Saunafasses leider etwas gefunden, das euch beide belastet."

Während Luise die Stirn runzelt, zieht Quirin seine Augenbrauen zusammen. Erneut fixiert er mich und scheint mich stumm zu fragen, was das zu bedeuten hat.

„Und das wäre?", hakt Luise nach.

„Haare des Opfers", antwortet Simone.

„Und ein Stück Stoff, das vom Hemd des Opfers stammt", hängt Hansi noch an.

„Ihr habt ein Stück von Lugges Hemd und seine Haare in unserem Saunafass gefunden?", hakt Quirin ungläubig nach.

Während meine Kollegen ihm zunicken, sehe ich ihn lediglich aufmerksam an.

„Ihr habt uns doch versichert, dass der Lugge nicht in eurer Sauna war."

Ich kann weder die Aussage, noch den vorwurfsvollen Unterton in meiner Stimme verhindern.

„Das war er auch nicht", ruft Luise. „Zumindest nicht, dass wir wüssten."

„Aber die Spuren sind eindeutig", erwidert Simone.

„Vielleicht hat er sich ja ohne unser Wissen in der Sauna aufgehalten“, vermutet Luise und sieht dabei hilfesuchend zu ihrem Mann.

„Ist die Sauna denn nicht abgeschlossen?“, hakt Hansi nach.

Luise schüttelt den Kopf.

„Nein, wer sollte denn schon hinter unser Haus in die Sauna im Garten gehen?“, entgegnet sie. „Außerdem ist unser Gartentor für gewöhnlich abgeschlossen.“

„Wobei da jederzeit jemand drübersteigen könnte“, brummt Quirin und macht eine finstere Miene.

Ich mustere ihn und versuche einen Hinweis in seinem Gesicht oder seiner Gestik zu finden, die mich glauben lässt, dass er mit Lugges Tod tatsächlich etwas zu tun haben könnte. Offensichtlich spürt er meinen Blick, denn er sieht zu mir.

„Karl, wie lange kennen wir uns jetzt schon?“, fragt er und sieht mich dabei durchdringend an.

„Jahrzehnte“, murmle ich und weiß genau, worauf er hinaus möchte.

„Traust du mir wirklich zu, dass ich unseren alten Freund in die heiße Sauna sperre, um ihn umzubringen?“

Seine Frage trifft mich regelrecht wie ein Stich ins Herz. Ich kann sie nur falsch beantworten. Ganz egal was ich sage.

„Nein, das tue ich nicht“, erwidere ich. „Aber ich kann die Ergebnisse der Spurensicherung auch nicht einfach ignorieren.“

„Der Lugge war nicht bei uns in der Sauna, es sei denn, er hat sich heimlich reingeschlichen“, ruft Quirin aufgebracht.

„Aber warum hätte er das denn tun sollen?“, hake ich nach.

„Keine Ahnung“, entgegnet Quirin schulterzuckend.

„Er hätte uns doch einfach nur fragen müssen, dann hätte er die Sauna ja jederzeit nutzen können“, wirft Luise ein.

„Der Lugge war kein Saunagänger“, brummt Quirin.

„Nein, das war er wirklich nicht“, stimme ich ihm zu.

„Ich kann mir wirklich nicht erklären, wie Lugges Haare in unsere Sauna kommen“, murmelt Luise kopfschüttelnd.

„Das können wir leider auch nicht“, erwidert Simone.

„Bedeutet das, ihr verdächtigt jetzt uns, dass wir etwas mit seinem Tod zu tun haben?“

Bei Luise hat es wohl etwas länger gedauert, bis der Groschen gefallen ist. Quirin war das schon länger klar. Deshalb hat er mich auch gefragt, ob ich ihm sowas wirklich zutrauen würde.

Anstatt ihr zu antworten, weicht Simone ihrem Blick aus und sieht hilfesuchend zu mir. Quirin lacht freudlos auf.

„Natürlich tun sie das. Deshalb sind sie ja hier“, sagt er sarkastisch.

9. Kapitel

19. Juli, morgens halb neun in Straubing

Meine Kollegen sitzen schon im Büro, als ich dort ankomme. Ich konnte sie gestern geradeso daran hindern, Luise und Quirin in Untersuchungshaft zu nehmen. Natürlich habe ich mich für sie verbürgt. Die beiden werden sicherlich nicht flüchten, selbst wenn sie wirklich etwas mit dem Mord zu tun haben, was ich immer noch nicht glaube.

Quirin und Luise haben eindringlich versichert, dass sie sich nicht erklären können wie die Spuren in ihr Saunafass gelangt sind. Vielleicht haben sie ja tatsächlich nichts damit zu tun. Natürlich gäbe es auch noch die Möglichkeit, dass der wahre Täter Lugge dort erst eingesperrt und anschließend am Fundort abgelegt hat.

Da Quirin und Luise jedoch das Gelände umzäunt haben und das Tor zum Garten abgesperrt ist, hätte der Täter die Leiche über den Zaun hieven müssen. Dabei hätte er Spuren hinterlassen, doch unsere Kollegen konnten am Zaun keine Spuren feststellen, die von Lugge oder seiner Kleidung stammen.

„Hast du deinen Freunden zu einem Anwalt geraten?“, fragt mich Simone plötzlich.

Ich nicke ihr zu und seufze. Dabei würde ich es vorziehen, dass sie gar keinen Anwalt benötigen würden. Leider gibt es im Moment jedoch keine Hinweise auf einen anderen Täter und weder Quirin, noch Luise haben ein Alibi für die Tatzeit. Natürlich behaupten sie, dass sie den ganzen Tag zusammen waren. Doch leider kann man Alibis, die sich Ehepartner geben, nicht unbedingt als glaubhaft ansehen. Noch dazu, wenn beide etwas mit der Tat zu tun haben könnten.

Als unsere Bürotür aufgeht und eine junge Kollegin hereinschneit, regt sich bei ihrem Gesichtsausdruck ein Hoffnungsschimmer in mir.

„Wir haben etwas gefunden, was vielleicht deine Freunde etwas entlasten könnte“, informiert sie uns und sieht mich dabei mit einem aufmunternden Lächeln an.

Sofort richte ich mich auf und stütze meine Arme auf dem Schreibtisch ab.

„Wirklich?“, frage ich hoffnungsvoll. „Was habt ihr gefunden?“

„Das Stückchen Stoff, welches wir in dem Saunafass gefunden haben, hat glatte Kanten“, erklärt sie und sieht mich dabei so an, als könnte ich damit etwas anfangen.

Ich runzle die Stirn und sehe zu Hansi und Simone. Hansi sieht in etwa so aus wie ich gerade. Doch Simone nickt verständlich und ich frage mich, ob sie einfach nur so tut, oder ob sie tatsächlich mit der Aussage etwas anfangen kann.

„Jetzt sag schon!“, fordere ich ungeduldig. „Was bedeutet das?“

„Wenn das Stück Stoff beim Bewegen der Leiche abgerissen worden wäre, weil das Hemd irgendwo hängen bleibt, dann sind die Stoffkanten ausgefranst. Doch in diesem Fall wurden die Fasern mit einem scharfen Gegenstand getrennt“, erklärt die Kollegin.

„Also wurde ein Stück vom Hemd ausgeschnitten“, fasst Simone zusammen.

Die Kollegin nickt und in diesem Moment verstehe auch ich, was sie mir damit sagen wollte.

„Dann könnte also jemand absichtlich ein Stück Stoff in dem Saunafass platziert haben“, sage ich und die Hoffnung steigert sich zusehends.

„Es sieht zumindest danach aus“, stimmt die Kollegin mir zu.

„Dann waren es weder Luise noch Quirin. Jemand hat versucht ihnen die Tat in die Schuhe zu schieben“, rufe ich aufgebracht.

Einerseits bin ich unendlich erleichtert, weil jetzt die Hoffnung besteht, dass meine Freunde unschuldig sind, aber andererseits müssen wir jetzt irgendwie herausfinden, wer hier nicht nur etwas gegen den Lugge hatte, sondern offensichtlich auch gegen Luise und Quirin.

„Das ist dadurch natürlich noch nicht bewiesen, aber es wäre gut möglich“, sagt Simone und wirft mir einen aufmunternden Blick zu.

Irgendwie scheinen mich alle hier zu bedauern. Vermutlich, weil ich angesichts der Tatsache, dass meine Freunde schwer belastet wurden, den ganzen Tag mit einer Trauermiene durch die Gegend laufe. Aber jetzt, in diesem Moment bin ich entschlossener denn ja. Ich werde den wahren Täter finden und nie wieder an der Unschuld von Quirin und Luise zweifeln.

„Das ist ja alles schön und gut, aber somit stehen wir wieder am Anfang. Es sei denn, ihr habt auch noch Spuren vom wahren Täter gefunden“, sagt Hansi und sieht dabei zur Kollegin der Spurensicherung.

„Nein, wir haben nur Spuren von Herrn und Frau Meiler, sowie jene vom Opfer in dem Saunafass gefunden“, erwidert sie.

„Dann hat der Täter wohl Handschuhe getragen“, werfe ich ein.

„Und darauf geachtet, dass er auch sonst keine Spuren hinterlassen hat“, hängt Hansi misstrauisch an.

Ich bin mir nicht sicher, was er mir mit dem Blick sagen möchte, den er mir gerade zuwirft. Aber es scheint fast so, als wäre es ihm lieber gewesen, wenn wir meine Freunde ins Gefängnis gesteckt hätten. Das sollte ich wohl nicht persönlich nehmen. Bei ihm ist es vielmehr Faulheit.

„Ich habe euch doch gesagt, dass meine Freunde niemanden umbringen. Irgendwer muss über den Zaun gestiegen sein und die Spuren in dem Saunafass platziert haben.“

„Aber wer?“, fragt Simone.

Glücklicherweise scheint sie meine Theorie zu teilen. Auch Simone glaubt nun an die Unschuld von Quirin und Luise. Zumindest scheint sie einen anderen Täter in Erwägung zu ziehen.

„Das müsst ihr jetzt herausfinden“, sagt die Kollegin und geht zur Tür, um unser Büro wieder zu verlassen. „Ich schicke euch später noch den Bericht. Wir müssen nur noch die Spuren am Zaun alle untersuchen. Mit etwas Glück finden wir ja da eine DNA, die vom Täter stammt.“

„Du meinst, mit etwas Glück hat er sich verletzt, als er über den Zaun geklettert ist?“, hake ich nach.

„Womöglich“, erwidert sie schulterzuckend.

„Euch ist aber schon klar, dass die Theorie von dem Unbekannten, der DNA und den platzierten Spuren auch völlig falsch sein könnte“, wirft Hansi ein.

Er ist heute prädestiniert dafür mir schlechte Laune zu bescheren. Warum muss er denn unbedingt den Spielverderber spielen?

„Sieh mich nicht so an!“, fordert er mich auf, als ich ihm einen finsteren Blick zuwerfe. „Ich sage nur, was Sache ist und meine Berufserfahrung sagt mir, dass der Täter meist der ist, auf den die meisten Spuren hinweisen."

„Das sagt dir nicht deine Berufserfahrung, sondern deine Faulheit. Du warst schon immer schnell beim Vorverurteilen, damit du die Fälle schnell abschließen kannst."

Ich gebe ja zu, dass mein Vorwurf nicht unbedingt sehr nett ist, aber es ist auch nicht direkt gelogen. Allerdings macht er für gewöhnlich gute Polizeiarbeit, auch wenn ich ihm gerade etwas anderes vorwerfe.

„Was soll das denn jetzt?", fragt er beleidigt. „Ich bin immer bemüht den wahren Täter zu finden."

„Jetzt hört auf mit der Zankerei!", fordert Simone. „Wir suchen nach dem Täter und finden heraus wer es war."

Wie gewohnt ist Simone die Streitschlichterin und versucht alle wieder zu beruhigen.

„Dann warten wir einfach mal auf den Bericht der Spurensicherung. Vielleicht haben wir ja Glück und es befinden sich Hinweise auf den wahren Täter darin", sagt Hansi versöhnlich.

Unsere Blicke kreuzen sich und ich nicke ihm knapp zu. Das bedeutet so viel wie, vergeben und vergessen. Eine Versöhnung auf besondere Art und vor allem ohne Worte.

10. Kapitel

19. Juli, mittags halb eins in Niederhaibach

Als ich nach Hause komme, sitzt Rosi auf der Terrasse und vor ihr steht ein Eiskaffee. Allerdings nicht die Diätvariante, die sie mir für gewöhnlich auftischt, sondern ein großes Glas mit Sahne und Schokosoße obendrauf.

Ich kann nicht fassen, dass meine Frau hinter meinem Rücken hier Kalorienbomben verdrückt, während sie mir immer Moralpredigten über gesunde Ernährung abhält. Außerdem sollte sie eigentlich in der Küche stehen und das Mittagessen kochen. Natürlich wusste sie nicht, ob ich zum Essen nach Hause komme, aber für gewöhnlich hat sie zumindest eine Kleinigkeit vorbereitet.

„Na du lässt es dir hier ja gutgehen“, sage ich und Rosi zuckt vor Schreck zusammen.

Sie wendet sich zu mir um und binnen Sekunden verändert sich ihre Miene wieder. Sie sieht nicht mehr erschrocken aus, sondern lediglich amüsiert.

„Warum sollte ich es mir auch nicht gutgehen lassen?“, erwidert sie und grinst mich dabei auf eine ganz besondere Weise an.

Das tut sie immer dann, wenn sie mich ein bisschen aufzieht. Es gefällt ihr einerseits mich mit dem Eiskaffee zu triezen, andererseits wollte sie vermutlich gar nicht dabei erwischt werden. Für gewöhnlich isst sie auch selbst das Grünzeug, welches sie mir vorsetzt und das obwohl meine Frau das bei weitem nicht so nötig hätte wie ich.

„Kann ich auch so einen haben?“, frage ich sie.

Ihre Augen verengen sich und sie mustert mich von oben bis unten. Für einen Moment glaube ich schon, sie verweigert mir meine Bitte, doch dann erhebt sie sich seufzend.

„Also gut, ich mache dir einen.“

„Aber ich will auch so einen wie du hast“, rufe ich ihr hinterher, als sie durch die Terrassentür verschwindet.

Ich erhalte keine Antwort, daher hoffe ich jetzt einfach, dass sie mich nicht mit einem Diäteiskaffee abspeisen möchte. Mein Blick fällt auf Rosis Glas, das noch gut gefüllt ist. Vielleicht sollte ich einfach ihren nehmen. Somit würde ich ausschließen, dass ich nur kalten Kaffee ohne Sahne und Schokosoße bekomme. Außerdem könnte ich als Ausrede verwenden, dass ihrer sowieso geschmolzen wäre, während sie den zweiten Eiskaffee macht. Genau genommen meine ich es ihr doch nur gut. Sie würde einen frischen Eiskaffee bekommen und ich würde mich dem ihren erbarmen.

Letztendlich fehlt mir dann doch der Mut, denn ich bin ziemlich sicher, dass sie diese Geste nicht sonderlich gut aufnehmen würde. Daher setze ich mich auf den Terrassenstuhl und strecke meine Beine aus, während ich auf meinen Eiskaffee warte und das Beste hoffe.

Es dauert auch nicht lange, bis meine Frau mit einem wirklich schönen Eiskaffee zurückkommt.

„Die Eisdiele könnte den auch nicht schöner machen“, sage ich lobend und setze ein breites Grinsen auf.

„Das ist aber eine Ausnahme“, erwidert sie streng, bevor ihre Mundwinkel zucken.

Auch wenn sie immer so streng tut, hat meine Frau ja doch ein gutes Herz. Sonst hätte ich es nicht all die Jahre mit ihr ausgehalten.

„Ich bin für jede einzelne Ausnahme dankbar“, erwidere ich und nehme einen Zug mit meinem Strohhalm.

„Du hast genug Ausnahmen, sonst hättest du deinen Gürtel nicht schon wieder ein Loch weiter machen müssen.“

Bei ihrer tadelnden Aussage sieht sie vorwurfsvoll auf meinen Bauch. Um vom Thema abzulenken, erzähle ich ihr die Neuigkeiten zu Lugges Mordfall, während ich genüsslich meinen Eiskaffee schlemme.

„Also der Quirin und die Luise haben den Lugge ganz bestimmt nicht umgebracht“, sagt sie nachdem sie mir ausgiebig zugehört hat.

„Das kann ich mir ja auch nicht vorstellen“, stimme ich ihr zu.

„Aber offensichtlich hast du es zuerst ja schon in Erwägung gezogen“, sagt sie vorwurfsvoll.

„Die Beweise waren erdrückend, daher mussten wir sie natürlich dazu befragen“, erkläre ich ihr. „Aber wirklich zugetraut habe ich ihnen den Mord natürlich nicht.“

Sie wirkt wenig überzeugt und zieht eine Augenbraue in die Stirn.

„Du hättest ihnen wirklich nicht das Gefühl geben dürfen, dass du sie verdächtigst.“

„Ich habe ihnen das Gefühl nicht gegeben“, verteidige ich mich.

„Na offensichtlich schon. Immerhin hast du gesagt, dass der Quirin beleidigt wirkt“, entgegnet sie unbarmherzig.

„Was hätte ich denn tun sollen?“, frage ich seufzend. „Ich habe wirklich versucht mir nichts anmerken zu lassen und habe mich bei der Befragung weitestgehend rausgehalten.“

„Genau das ist ja das Schlimme“, erwidert sie. „Du hättest dich auf die Seite unserer Freunde schlagen müssen.“

„Rosi, ich bin Polizist“, entgegne ich seufzend. „Bei der Arbeit schlage ich mich auf keine Seite. Da ermittle ich.“

„Wenn ich mich recht erinnere, hast du dich, als der Leitner unter Verdacht stand, sehr wohl auf seine Seite geschlagen."

Das musste ja jetzt kommen. Dabei ist das nochmal ein himmelweiter Unterschied. Immerhin ist der Xaver sowas wie mein Seelenverwandter. Sozusagen ein Bruder im Geiste. Für ihn würde ich meine Hand ins Feuer legen, egal wie schwerwiegend die Beweise wären. Dieses Privileg hat aber nur er. Es gibt wohl keinen anderen auf der Welt, für den ich das tun würde.

Ich kenne ihn schon ewig und weiß genau, wie er denkt und handelt. Außerdem ist er der Metzger meines Vertrauens und versorgt mich mit Wurst- und Fleischwaren. Selbst dann, wenn meine Rosi mich wieder auf Diät setzt. Natürlich setze ich mich für ihn ein. Da gibt es doch überhaupt keinen Zweifel!

„Bei ihm wusste ich auch mit absoluter Sicherheit, dass er unschuldig ist."

„Ach, und bei den Meilers wusstest du das nicht?", fragt sie herausfordernd.

„Rosi, du weißt ja nicht, wie das mit der Spurensicherung ist. Es gibt einfach Situationen da kommt man ins Grübeln und fängt an zu Zweifeln."

Sie schüttelt den Kopf und stößt seufzend den Atem aus. Offensichtlich ist sie mit meiner Antwort ganz und gar nicht zufrieden. Ich weiß ja nicht, wie sie sich das vorstellt. Hätte ich einfach alle Beweise ignorieren und meine Kollegen davon abhalten sollen, dass sie weiter in die Richtung ermitteln?

Sie hat ja keine Ahnung, wie echte Polizeiarbeit abläuft. Natürlich war ich als Freund und Privatperson überzeugt von der Unschuld unserer Freunde. Aber als Polizist muss ich Emotionen und Gefühle nun einmal abschalten. Da geht es nur um die harten Fakten und die sprachen nun einmal nicht für die Meilers.

Genau genommen sind sie auch jetzt noch nicht entlastet. Es gibt lediglich Hinweise, dass es vielleicht doch einen anderen Täter gibt. Aber wenn ich das jetzt so meiner Frau sage, dann springt sie mir vermutlich ins Gesicht.

Da lasse ich sie lieber einfach in dem Glauben, dass die Meilers als Verdächtige quasi raus sind. Immerhin möchte ich auch morgen wieder einen anständigen Eiskaffee und nicht so ein Diätgesöff, bei dem es sich lediglich um nicht viel mehr als kalten Kaffee handelt.

„Du hättest ihnen das Gefühl geben müssen, dass du den wahren Täter unter allen Umständen findest“, erwidert sie.

„Das habe ich versucht ihnen zu vermitteln.“

„Hat dann ja wohl nicht ganz so geklappt“, brummt sie zynisch.

11. Kapitel

19. Juli, nachmittags halb drei in Straubing

Ich fahre auf den Parkplatz des Reviers. Vor ein paar Minuten hat Simone mich angerufen, weil die Kollegen tatsächlich Blutspuren auf einem der Zaunspitzen gefunden haben, die nicht dem Ehepaar Meiler zuzuordnen sind.

Natürlich habe ich mich sofort ins Auto gesetzt und bin losgefahren. Jetzt drücke ich die Daumen, dass sich die DNA in unserer Datenbank befindet, denn die Untersuchungen waren bei Simones Anruf noch nicht abgeschlossen.

Als ich aus dem Auto steige ist die Hitze beinahe unerträglich. Wenn dieser Sommer vorbei ist, dann mache ich jedenfalls drei Kreuzzeichen. Ich habe die Schnauze schon jetzt gestrichen voll. Dabei sind wir noch mittendrin.

Schnellen Schrittes begebe ich mich zum Gebäude. Auch wenn es drinnen nicht kühl ist, so ist es doch um einiges erträglicher, als in der prallen Sonne. Ich scheue schon jetzt den Moment, wenn ich nach Hause fahre und zum Auto zurückkomme. Das Innere des Wagens hat sich dann so aufgeheizt, dass man darin ein Schwein braten könnte.

Nach einer knappen Begrüßung der Kollegen am Empfang gehe ich zu unserem Büro. Ich reiße die Tür auf und möchte gerade nach Neuigkeiten zu Lugges Mordfall fragen, als ich feststelle, dass gar niemand da ist. Überrascht klappe ich meinen Mund unverrichteter Dinge wieder zu und sehe mich um.

Das ganze Büro ist leer und es wirkt so, als wären meine Kollegen bereits nach Hause gegangen. Stirnrunzelnd verlasse ich das Büro wieder und sehe mich hilfesuchend im Flur um.

„Du siehst aus, als würdest du jemanden suchen“, spricht mich ein junger Kollege an, der gerade den Flur entlang schlendert.

„Hast du die Simone und den Hansi gesehen?“, frage ich ihn.

„Die sind im Aufenthaltsraum, es gibt Kuchen.“

Das erklärt natürlich einiges. Unter anderem auch, warum der junge Kollege noch Schokolade im Mundwinkel hängen hat.

„Kuchen?“, frage ich hellhörig.

In mir wüten gerade zwei Seiten. Die eine möchte so schnell wie möglich den Fall lösen, die andere sehnt sich nach dem angepriesenen Kuchen.

„Ja, er ist wirklich lecker“, entgegnet der Kollege.

„Schokoladenkuchen?“, frage ich ihn.

Überrascht zieht er die Augenbraue in die Stirn.

„Woher weißt du das?“

Ich grinse und deute auf seinen Mundwinkel.

„Du hast da noch Schokolade.“

„Oh“, murmelt er und wischt sich mit dem Finger darüber.

Anschließend schleckt er das Stück Schokolade ab und nickt mir zu.

„Beeil dich! Sonst bekommst du nichts mehr ab.“

Mit diesen Worten wendet er sich ab und setzt seinen Weg fort. Ich hingegen drehe mich um und eile in die Richtung, aus der der Kollege gerade gekommen ist. Gerade habe ich entschieden, dass die Arbeit noch einen Moment warten kann. Man muss schließlich auch leben und genießen, und wer weiß, ob die Kollegen mit der Überprüfung der gefundenen DNA überhaupt schon fertig sind. Sicherlich sind sie auch vom Kuchenessen abgelenkt.

Als ich im Aufenthaltsraum ankomme, schiebt sich Hansi gerade ein Stück Schokokuchen in den Mund. Suchend sehe ich mich im Raum um. Wo steht der verdammte Kuchen?

„Servus Karl, wir haben uns schon gefragt wo du bleibst“, begrüßt mich ein Kollege der Spurensicherung. „Normalerweise bist du immer der Erste, wenn es was zu essen gibt.“

Der Kerl glaubt wohl besonders witzig sein zu müssen. Leider ist er nicht der Einzige, der über seinen Scherz lacht. Einige Kollegen finden seine Aussage wohl auch amüsant.

„Die Arbeit geht nun einmal vor“, entgegne ich und bin mir sehr wohl bewusst, dass es eine glatte Lüge ist.

Immerhin habe ich auch den Kuchen vorgezogen, als ich von seiner Existenz erfahren habe, und das obwohl es eigentlich darum geht, die Unschuld meiner Freunde zu beweisen. Andererseits ist es auch so, dass wenn sie unschuldig sind, dann macht es keinen großen Unterschied, ob dies eine halbe Stunde früher oder später bewiesen wird.

Falls sie jedoch schuldig sind …

Ich breche den Gedanken ab. Immerhin habe ich mir fest vorgenommen, mich durch nichts und niemanden mehr so weit bringen zu lassen, dass ich an ihrer Unschuld zweifle. Das habe ich meiner Rosi fest versprochen.

„Das hat dich ja noch nie vom Essen abgehalten“, witzelt er weiter.

„Apropos Arbeit“, brumme ich. „Wisst ihr schon von wem das Blut am Zaun stammt?“

Nun vergeht meinem Kollegen das Lachen und der Kuchen bleibt ihm im Halse stecken. Hilfesuchend sieht er zu der jungen Kollegin, die mir am liebsten von der ganzen Abteilung ist.

„Wir konnten leider keine Übereinstimmung in der Datenbank feststellen“, antwortet sie nach kurzem Zögern.

Offensichtlich wollte sie den Kollegen auch etwas zappeln lassen und ihm nicht gleich zur Hilfe eilen. Wenn ich ihre Reaktion richtig deute, dann kann sie den Kerl auch nicht so recht leiden. Kein Wunder, so blöd wie der daherredet. Das wird er sicherlich nicht nur bei mir tun, sondern auch bei seinen Kollegen. Es ist ja allgemein bekannt, dass solche Leute immer jeden blöd anquatschen, selbst aber nie einen blöden Spruch abhaben können.

„Na bravo“, seufze ich.

Diese Antwort wollte ich eigentlich nicht hören. Von einer leichten und schnellen Lösung des Falls sind wir nun meilenweit entfernt. Genau genommen stehen wir wieder ganz am Anfang. Der Täter befindet sich nicht in der Datenbank, weshalb wir ihn auch nicht identifizieren können. Nun müssen wir uns auf die Suche nach einem Täter machen, dessen DNA wir dann mit dem Blut am Zaun abstimmen können.

Das heißt letztendlich, dass wir mit den Ermittlungen von vorne beginnen können. Es gibt nur den Unterschied, dass wir den vermeintlichen Täter eindeutig identifizieren können. Wenn wir einen Verdächtigen haben, wird per Gerichtsbeschluss seine DNA abgestimmt.

Viel einfacher wäre es natürlich, wenn sich die DNA des Täters bereits in der Datenbank befinden würde. Entweder weil er schon vorbestraft ist, oder weil er sich schon etwas zu Schulden kommen hat lassen. Dieses Glück bleibt uns aber leider verwehrt.

„Keine Sorge, ihr findet den wahren Täter schon noch“, versucht die junge Kollegin mich aufzumuntern.

„Dein Wort in Gottes Ohr“, entgegne ich. „Jetzt esse ich erstmal ein Stück Kuchen.“

Auf dem Tisch an der Wand steht die Platte mit dem Kuchen. Glücklicherweise sind noch ein paar Stücke da, wenn auch nicht mehr viele. Da bin ich wohl gerade noch rechtzeitig gekommen.

Ich setze mich in Bewegung, um zu verhindern, dass ich doch noch leer ausgehe. Aus dem Augenwinkel sehe ich, wie Hansi ebenfalls auf den Kuchen zugeht. Der Kerl hat einfach keine Skrupel. Er schnappt sich gleich noch ein Stück und das obwohl er bereits eins hatte. Geradeso komme ich ihm zuvor und greife nach dem größten, der verbliebenen Stücke.

„Ja Karl, bist du auch schon da?", fragt er, als er mich sieht.

„Gerade rechtzeitig, um noch was vom Kuchen abzubekommen", erwidere ich und sehe ihn tadelnd an.

Seine Mundwinkel zucken amüsiert, bevor er sich noch ein Stück auf den Teller legt. Dabei ist der Teller bereits übersät von Bröseln, die vom vorherigen Kuchenstück übrig sind.

12. Kapitel

20. Juli, vormittags halb zehn in Straubing

Rosi hat rausbekommen, dass noch jemand in Niederhaibach sich vor kurzem eine Sauna hat einbauen lassen und überraschenderweise hatte dieser jemand auch noch eine kleine Meinungsverschiedenheit mit dem Lugge. Meine Frau hat sich im Dorf umgehört und der Dorffunk, was so viel heißt wie Dorftratsch, funktioniert wie es scheint außerordentlich gut.

„Also, offensichtlich hat der Lugge mit dem Heribert Grenzhuber vor etwa zwei Wochen bei der Treibjagd eine Auseinandersetzung gehabt", erzähle ich meinen Kollegen.

„Worum ging es?", fragt Simone neugierig.

„Offensichtlich haben beide auf die Wildsau geschossen und jeder hat behauptet, er wäre der Schütze gewesen, doch die Sau hatte nur eine Eintrittswunde."

„Also hat einer gelogen", fasst Hansi zusammen.

„Oder einer hat danebengeschossen", entgegne ich.

Hansi schüttelt seufzend den Kopf.

„Ich bin immer wieder verwundert, dass bei diesen Treibjagden nicht mehr Unfälle passieren. Wie oft da schlechte Schützen durch die Gegend ballern ist echt unglaublich."

Bei seinen Worten stößt er den Atem aus.

„Das sind alles Jäger mit Waffenschein. Die sollten doch wohl treffen", erwidert Simone.

„Die Betonung liegt auf *sollten*", murmelt Hansi.

„Kennst du diesen Heribert Grenzhuber?", fragt mich Simone.

„Kennen schon, aber nicht wirklich gut", antworte ich.

„Aber der Mann ist doch aus Niederhaibach?", fragt Hansi stirnrunzelnd.

„Schon, aber erst vor zwei Jahren hergezogen. Er hat ein Haus gekauft, das einer alten Frau gehörte. Als sie verstarb, haben es ihre Kinder verkauft", erkläre ich ihnen.

„Ach, ein Zugreister", sagt Hansi verständnisvoll und der Klang seiner Stimme verrät wie er über diesen Begriff denkt.

Es hört sich an, als wären alle Zugreisten mit Vorsicht zu genießen und hätten schlechte Angewohnheiten. Manchmal stimmt das ja sogar. Aber natürlich nicht immer. Allerdings ist der Heribert Grenzhuber schon ein besonderer Kauz. Ihm einen Mord zuzutrauen ist aber nochmal eine andere Sache.

Andererseits kenne ich ihn nicht gut genug, um das einschätzen zu können. Zumindest traue ich es ihm eher zu, wie meinem Freund Quirin. Außerdem war der Lugge mit dem Grenzhuber nicht befreundet. Ich wusste zwar nichts von einem Streit, aber habe auch noch nie gehört, dass er viel mit ihm zu tun hatte.

Das Einzige was die beiden verbunden hat, war wohl die Jagd. Beide sind Jäger aus Leidenschaft, auch wenn ich bei Lugge ganz sicher bin, dass er niemals eine Beute sein eigenen nennen würde, wenn er das Wild nicht tatsächlich geschossen hätte. Bei dem Grenzhuber bin ich mir da nicht so sicher.

„Das Beste kommt noch“, sage ich geheimnisvoll und spanne die beiden etwas auf die Folter.

„Jetzt sag schon!“, fordert Hansi ungeduldig.

„Der Grenzhuber hat vor ein paar Wochen eine Sauna in den Keller eingebaut“, eröffne ich ihnen.

„Aber wegen so einem kleinen Streit bringt man doch nicht gleich jemanden um und schiebt es dann gleich noch einem anderen in die Schuhe“, wirft Hansi ein.

„Ach, einem Zugreisten traust du den Mord jetzt nicht zu, aber meinem alten Freund schon?“, frage ich vorwurfsvoll.

„Bei deinem alten Freund sind DNA-Spuren des Opfers gefunden worden“, entgegnet er.

„Wir fragen ihn einfach, ob wir auch seine Sauna untersuchen dürfen“, schlägt Simone vor.

„Ich weiß etwas Besseres“, erwidere ich nachdenklich.

„Ach ja, was denn?“, fragt Hansi.

„Ich besorge die DNA von dem Grenzhuber“, sage ich entschlossen.

„Du willst ihn nach einer DNA-Probe fragen?“

Bei Simones Frage sieht sie mich irritiert an.

„Wer lange fragt, geht lange irr“, sage ich das Lieblingssprichwort meiner Mutter, Gott hab sie selig.

„Karl, du weißt, dass solche Beweise nicht verwertbar sind“, erwidert Simone mahnend und zieht dabei ihre rechte Augenbraue in die Stirn.

„Und du könntest mich jetzt schon gut genug kennen, um zu wissen, dass mir das ziemlich egal ist“, entgegne ich schmunzelnd. „Wenn wir wissen, dass er der Täter ist, dann finden wir schon einen Weg ihn zu überführen.“

Kopfschüttelnd sieht sie mich an, während Hansi verständnisvoll mit der Schulter zuckt.

„Warum nicht?“, sagt er. „So wissen wir wenigstens woran wir sind. Aber lass dich nicht erwischen!“

„Keine Sorge, ich pass schon auf.“

„Und wie willst du das machen?“

Nun ist es Simone, die neugierig nachhakt. Offensichtlich hat sie sich schnell von meiner Idee überzeugen lassen.

„Das lass mal meine Sorge sein“, murmle ich und stehe von meinem Schreibtischstuhl auf.

„Was machst du denn jetzt?“, fragt Hansi stirnrunzelnd, als ich mich von den beiden verabschiede.

„Ich bereite mich auf die Operation DNA-Klau vor“, antworte ich verschwörerisch.

Meine beiden Kollegen verziehen amüsiert den Mund.

„Und wann können wir mit Ergebnissen rechnen?“, fragt Simone.

„Nicht vor morgen früh. Gut Ding braucht Weile.“

Heute lasse ich mal wieder mein ganzes Repertoire an schlauen Sprüchen raus, die ich so auf Lager habe.

„Na dann, viel Glück Sherlock Holmes“, witzelt Simone.

„Weidmanns Heil, wenn du schon auf die Jagd gehst“, grinst Hansi.

„Weidmanns Dank“, entgegne ich, bevor ich das Büro verlasse.

Ich habe da schon einen Plan, doch den werde ich meinen Kollegen noch nicht verraten. Am Ende läuft es schief, dann machen sie sich nur lustig über mich. Daher mache ich mich jetzt gleich auf den Weg, um die Vorbereitungen zu treffen.

Hoffentlich funktioniert alles so, wie ich mir das ausdenke, ansonsten komme ich heute Abend nicht mehr an die DNA. Aber gute Vorbereitung ist ja bekanntlich alles. Jetzt muss ich nur noch meine Frau soweit bringen, dass sie mir bei der Umsetzung des Plans behilflich ist.

Ich steige in meinen Wagen und überlege es mir anders, noch bevor mein Hintern den Sitz berührt. Aus dem Inneren des Autos kommt mir eine regelrechte Dampfwolke entgegen. Es wäre glatter Selbstmord jetzt gleich in den Wagen zu steigen.

Daher gehe ich ums Auto herum und öffne alle Autotüren. Anschließend warte ich einen Moment, bis die größte Hitze entweichen konnte. Erst dann schließe ich die Türen wieder und setze mich auf den Fahrersitz. Ich spüre die Hitze durch den Stoff meiner Sommerhose und als ich meine Hände auf das Lenkrad lege, weiche ich sofort zurück.

Ich habe das Gefühl, als würde ich mich in einem Backofen befinden. Schnell starte ich den Motor und drehe die Klimaanlage voll auf. Wenn meine Frau dabei ist, darf ich das nie tun, weil sie diese nicht verträgt. Auch ich reagiere empfindlich, wenn ich sie auf allzu kühl einstelle. Doch im Moment ist mir das sowas von egal. Ich drehe voll auf und öffne alle Gebläseschlitze.

13. Kapitel

20. Juli, mittags halb zwölf in Niederhaibach

„Das hast du dir ja schön ausgedacht“, sagt Rosi, nachdem ich sie über meinen Plan aufgeklärt habe.

„Ich weiß“, erwidere ich mit einem zufriedenen Grinsen.

„Aber ich mag die Grenzhuberin gar nicht so gerne.“

Meine Frau verzieht das Gesicht. Es ist nicht so oft der Fall, dass ihr jemand von Anfang an unsympathisch ist und sie das auch noch zugibt. Eigentlich gehört meine Rosi zu den Menschen, die jeden so nimmt, wie er ist. Aber manchmal gibt es eben auch Leute, mit denen sie nicht so gut zurechtkommt.

Es ist jetzt natürlich blöd, dass ausgerechnet die Grenzhuberin zu diesen Menschen gehört. Andererseits kann ich es nachvollziehen. Immerhin ist mir der Mann ja auch nicht sonderlich sympathisch. Ich würde die beiden ja nie zu uns einladen, aber da müssen meine Frau und ich jetzt eben durch. Das gehört zum Plan.

„Aber du besorgst das Grillfleisch und die Getränke!“, fordert sie.

„Wieso Grillfleisch?“, entgegne ich stirnrunzelnd.

„Du wolltest doch, dass ich die Grenzhubers heute Abend zum Essen einlade“, erwidert sie schulterzuckend.

„Da tuts eine Brotzeit auch“, sage ich entschlossen.

Man muss es ja nicht mit dem Aufwand übertreiben, nur damit man an die DNA von dem Kerl kommt. Da fällt mir gerade ein, ob ich vielleicht auch noch versuchen sollte an ein Haar von seiner Frau zu kommen. Immerhin könnte sie genauso die Täterin sein, auch wenn das eher unwahrscheinlich ist.

Allerdings wäre es gut möglich, dass der Grenzhuber seine Frau geschickt hat, um die falschen Beweise im Saunafass der Meilers zu platzieren. Wenn dem so wäre, dann wäre es ihr Blut, welches sich am Zaun befunden hat.

Außerdem hat die Grenzhuberin recht lange Haare, da sollte es einfach sein an eins davon zu kommen. Die hängen ja auch oft an der Kleidung der Frauen. Um dies zu sehen, muss ich heute Abend allerdings meine Brille tragen. Die darf ich auf keinen Fall vergessen, sonst hilft mir der beste Plan nichts.

„Ja sollen wir dann nur einen Wurstsalat machen?“, fragt sie zweifelnd.

Meine Frau tischt gewöhnlich übermäßig auf, wenn sie Einladungen ausspricht. Doch heute muss das gar nicht sein. Es geht ja nicht darum jemanden mit ihren Kochkünsten zu beeindrucken, sondern lediglich darum, an mein Ziel zu kommen.

„Klar, das reicht völlig."

Für einen Moment legt sie ihre Stirn in Falten. Offensichtlich wägt sie ab, ob sich das mit ihren Grundsätzen vereinbaren lässt. Doch dann nickt sie schließlich und steht von ihrem Stuhl auf.

„Dann ruf ich die Grenzhuberin jetzt mal an, ob sie heute Abend überhaupt Zeit haben. Ansonsten können wir uns die ganze Essensplanung sparen."

Natürlich könnte ich auch selbst dort anrufen, und die beiden zu uns auf einen kleinen Plausch einladen. Allerdings wäre dies etwas auffällig, da ich nie Einladungen ausspreche. Das macht immer nur meine Frau. Wenn es nach mir ginge, bräuchte es nicht mehr, als ein anständiges Essen und ein kühles Bier zum Feierabend. Ich brauche da nicht sonderlich viel Gesellschaft.

Rosi holt das Telefonbuch und das Telefon. Zuerst blättert sie in dem Buch. Für die meisten Menschen ist das vermutlich völlig überholt, doch in unserem Haushalt gibt es noch immer ein gedrucktes Telefonbuch. Meine Frau holt das jedes Jahr bei der Post ab.

„Ob die überhaupt schon im Telefonbuch stehen", murmelt sie.

„Freile, die sind ja schon vor zwei Jahren hergezogen."

„Ach da“, ruft sie plötzlich und legt ihre Zeigefingerspitze auf eine Stelle im Telefonbuch.

Anschließend gibt sie die Telefonnummer ein und hält den Hörer an ihr Ohr.

„Ja grüß dich, da ist die Ramsauer Rosi“, sagt sie nach einer kurzen Wartezeit. „Ich wollte euch fragen, ob ihr heute Abend nicht Lust und Zeit hättet, auf eine kleine Brotzeit bei uns vorbeizukommen?“, fragt sie anschließend.

Erneut verstummt sie und hört sich die Antwort ihres Gesprächspartners an, während ich neugierig dasitze und kaum erwarten kann zu erfahren, ob mein Plan aufgeht. Rosi hält mit ihrer Hand den unteren Bereich des Telefons zu, damit ihr Gesprächspartner am anderen Ende ihre folgenden Worte nicht hören kann, die nur für mich bestimmt sind.

„Sie fragt gerade ihren Mann“, flüstert sie mir zu.

Ich zeige ihr daraufhin einen Daumen nach oben, und bin hoffnungsvoll, dass mein Plan vielleicht klappt.

„Freut mich, dass es so kurzfristig klappt“, sagt Rosi schließlich und nickt mir zu. „Passt euch um sieben?“

Am liebsten würde ich in die Hände klatschen, so sehr freue ich mich, dass alles so reibungslos funktioniert. Natürlich ist das lediglich ein kleiner Teil meines Plans, doch wenn die Grenzhubers nicht zugesagt hätten, wäre dieser schon hier gescheitert.

Rosi beendet das Gespräch und legt das Telefon auf den Tisch.

„Operation DNA läuft", sagt sie verschwörerisch und schmunzelt dabei.

„Du bist die Beste", sage ich lobend und kann mir ein Grinsen nicht verkneifen.

Ich freue mich wie ein kleines Kind und das nur, weil die Grenzhubers einem kleinen Umtrunk zugestimmt haben. Dabei sind mir die beiden gar nicht so überaus sympathisch.

„Aber du besorgst die Lyoner für den Wurstsalat!", fordert sie mich auf.

„Freile, ich fahre sofort los", stimme ich freudig zu. „Brauchen wir sonst noch etwas?"

„Soweit ich weiß trinkt der Grenzhuber ganz gerne ein paar Bierchen. Haben wir noch genug zu Hause?"

An ihrer abfälligen Tonlage kann man hören, dass sie die Trinkerei nicht für gut hält. Meine Frau hat zwar nichts dagegen, wenn ich ab und an ein Feierabendbierchen trinke, aber es wäre ihr lieber, wenn ich dabei auf die alkoholfreie Variante zurückgreifen würde. Was sie allerdings so gar nicht leiden kann, ist es, wenn Leute sich so sehr zuschütten, dass sie kaum mehr den Weg nach Hause finden und das ist wohl beim Grenzhuber schon das ein oder andere Mal der Fall gewesen. Aber da ist er in Niederhaibach weiß Gott nicht der einzige.

„Ich hole auch noch einen Kasten Bier“, entgegne ich ohne auf ihre indirekte Anspielung auf dem erhöhten Biergenuss einzugehen.

„Und einen Laib Brot musst auch noch mitnehmen! Alles andere habe ich im Haus.“

Mit diesen Worten entlässt sie mich und ich gehe noch in den Keller, um einen leeren Kasten Bier mitzunehmen, sonst schimpft meine Frau wieder, weil sich das Leergut bei uns stapelt.

Anschließend mache ich mich auf den Weg zum Getränkemarkt. Erst dann fahre ich zum Bäcker und als letztes steht der Leitner Metzger auf meinem Einkaufsplan. Bei der Hitze muss ich die Wurst so schnell wie möglich nach Hause in den Kühlschrank bringen, nicht dass sich am Ende unsere Gäste noch den Magen verderben.

Schließlich möchte ich lediglich ihre DNA und sie nicht gleich vergiften. Wobei ich dahingehend meine Meinung noch ändern könnten, wenn sich herausstellt, dass einer der beiden etwas mit Lugges Tod zu tun hat.

Als ich beim Getränkemarkt ankomme, hebe ich vorsichtig den leeren Kasten aus dem Kofferraum. Ich muss auf jeden Fall aufpassen, denn was ich jetzt so gar nicht gebrauchen könnte, ist ein Hexenschuss. Der würde meinen ganzen Plan mit einem Schlag ruinieren.

14. Kapitel

20. Juli, nachmittags halb zwei in Niederhaibach

„Servus Karl, bist du denn gar nicht im Dienst“, begrüßt mich der Leitner Xaver, als ich die Metzgerei betrete.

Er stellt gerade einen Stapel frischer Sulzen auf den Tresen, die mich geradezu anlachen. Bei der Hitze schmecken die besonders gut.

Wenn ich ihm jetzt von meinem Plan erzähle, weiß es binnen einer Stunde das ganze Dorf und somit auch die Grenzhubers. Daher zucke ich die Schultern und schüttle den Kopf.

„Für heute habe ich Feierabend“, antworte ich ihm.

„Was ist denn mit dem Tod vom Lugge?“, flüstert er über die Theke, während er sich verschwörerisch nach vorne beugt.

Als ob das helfen würde, dass nicht sofort auch alle anderen im Raum die Ohren spitzen. Ich werfe Xaver einen vorwurfsvollen Blick zu und zucke die Schultern. Endlich scheint er zu verstehen und richtet sich wieder auf.

„Was darfs denn sein?“, fragt er schließlich geschäftig.

Wären hier nicht fünf Mithörer anwesend, in Form von Kundschaft und Verkäuferinnen, dann würde ich ihn vielleicht schon einweihen. Für gewöhnlich kann der Xaver ein Geheimnis wahren, zumindest wenn ich ihm ansonsten Konsequenzen androhe. Aber bei so vielen Zuhörern kommt das überhaupt nicht in Frage.

Ich gebe meine Bestellung auf und komme nicht drum herum mir eine Leberkässemmel zu kaufen. In der Metzgerei zu sein und nicht irgendwas in die Hand zu bekommen das ich gleich essen kann, funktioniert einfach nicht. Bei dem Gedanken sträubt sich mein ganzer Körper.

Da es draußen schrecklich heiß ist, stelle ich mich an einen der Stehtische, die sich in der Metzgerei befinden und beiße genüsslich in meine Leberkässemmel. Xaver schleicht sich hinter dem Verkaufstresen hervor und kommt auf mich zu. Er lehnt sich mit seinen Ellbogen auf den Stehtisch und sieht mich musternd an.

„Schmeckts?“, sagt er laut und gut hörbar, wobei ich weiß, dass dies nur eine Ablenkung für die anderen im Verkaufsraum ist.

„Freile“, nicke ich ihm zu.

Anschließend beugt er sich nach vorne und kommt mir für meinen Geschmack etwas zu nahe.

„Jetzt sag schon. Was ist mit dem Lugge?“, flüstert er.

Ich werfe einen Blick zu den anderen, doch alle Anwesenden sind mit dem Kauf oder Verkauf von

Fleisch- und Wurstwaren beschäftigt. Keiner scheint seine Aufmerksamkeit uns zu schenken.

„Ich weiß nichts“, flunkere ich beharrlich.

„Karl, du kannst mir doch nicht erzählen, dass du nicht informiert bist, wenn ein Freund von uns tot aufgefunden wird“, erwidert er mahnend. „Ich merke doch, dass da was nicht stimmt. Der ist doch nicht einfach so umgefallen. Außerdem hat mir der Meiler erzählt, dass du ihm komische Fragen gestellt hast.“

War ja klar, dass der Quirin seinen Mund wieder nicht halten konnte. Dabei haben wir ihn und seine Frau extra gebeten keine Informationen weiterzugeben, bis die Ermittlungen abgeschlossen ist. Offensichtlich hat er jedoch keine klare Aussage getätigt, sonst wäre der Xaver nicht so neugierig. Vermutlich hat der Quirin Angst, er könnte als Täter verurteilt werden und er hält deswegen mit den Informationen zurück.

„Ich kann dir dazu im Moment noch nichts sagen“, murmle ich leise. „Aber ich bin dran!“

„War mir gleich klar, dass die Sache stinkt“, brummt er und verengt dabei seine Augen.

Der Lugge war auch von ihm ein guter Freund. Daher kann ich ihn sehr gut verstehen, dass er wissen möchte, was genau mit ihm geschehen ist. Natürlich wäre ein natürlicher Tod schlimm, doch definitiv leichter zu verarbeiten, als ein Mord.

„Kannst dich auf mich verlassen“, versichere ich ihm.

Er nickt und sieht mir dabei durchdringend in die Augen. Offensichtlich glaubt er mir, auch wenn er wohl versucht in meinem Gesicht ablesen zu können, was mit dem Lugge passiert ist. So gerne würde ich den Xaver einweihen, doch im Moment ist es das Beste, wenn ich einfach meinen Plan durchziehe und hoffe bald zu erfahren, wer den Lugge auf dem Gewissen hat.

Ich verabschiede mich vom Xaver, nachdem ich den letzten Bissen meiner Leberkässemmel hinuntergeschluckt habe. Anschließend steige ich in die heiße Blechbüchse, die man auch als Auto bezeichnet. Die Klimaanlage versucht wirklich ihr Bestes, doch an so Tagen wie heute kommt auch sie an ihre Grenzen. Vor allem, da ich nur ein paar Kilometer Fahrt vor mir habe, bis ich zu Hause ankomme.

„Kannst gleich die Lyoner in dünne Scheiben schneiden!“, sagt Rosi, als ich den Einkauf auf dem Tisch abstelle.

Dass sie mich auch bei der Zubereitung einspannt war so nicht abgemacht. Ich dachte eigentlich meine Beteiligung wäre mit dem Einkauf abgeschlossen.

„Ich muss aber das Bier noch in den Keller tragen“, werfe ich ein.

„Dann machst halt erst das und hilfst mir anschließend“, erwidert sie großzügig.

Offensichtlich komme ich der Wurstsalatzubereitung nicht aus und dabei dachte ich, wenn wir nicht grillen, hätte ich weniger Arbeit mit der Einladung.

Erneut begebe ich mich in die Hitze nach draußen, um den Kasten Bier aus dem Kofferraum zu holen und im Keller kühlzustellen. Dies so zu tun, dass ich dabei meinen Rücken schone, ist nur bedingt möglich. Zumindest gelingt es mir ohne mir dabei einen Hexenschuss zuzuziehen.

Ich schleppe den Kasten in den Keller und achte darauf nicht zu stolpern, damit ich mir nicht noch den Hals breche. Der ganze Aufwand für so ein bisschen DNA und dann kann ich sie noch nicht einmal verwerten. Aber zumindest haben wir dann Gewissheit. Das ist ja auch schon viel wert.

Im Keller angekommen, versuche ich beim Bierkastenabstellen in die Knie zu gehen. Das soll besonders rückenschonend sein. Allerdings ist es auch wahnsinnig anstrengend. Probleme mit den Knieen darf man da keine haben. Glücklicherweise beschränkt sich meine Schwachstelle auf den Rücken.

Ohne Einschränkungen erhebe ich mich wieder. Wie es aussieht bleibe ich von Rückenschmerzen diesmal verschont. Bevor ich wieder nach oben gehe, nehme ich noch ein paar Flaschen Bier mit. Immerhin möchte ich heute Abend als guter Gastgeber glänzen und kaltes Bier servieren.

Zurück in der Küche angekommen verstaue ich die Flaschen im Kühlschrank. Oder vielmehr, ich versuche es, denn als ich das Bier in das freie Fach legen möchte, hindert mich meine Frau daran.

„Das ist der Platz für den Wurstsalat“, sagt sie.

„Aber alles andere ist besetzt“, entgegne ich.

„Das hilft jetzt nichts, den Wurstsalat kann ich bei der Hitze nicht heraussen stehenlassen.“

„Und ich kann kein warmes Bier servieren“, brumme ich.

„Dann musst du halt den Kühlschrank in der Garage einschalten“, schlägt sie vor.

In unserer Garage steht ein alter ausrangierter Kühlschrank, den wir bei Bedarf anstecken. Allerdings frisst das alte Ding sicherlich so viel Strom, dass ich vor meinem geistigen Auge regelrecht den Stromzähler laufen sehe.

Daher fange ich an im Kühlschrank umzuräumen, um Platz zu schaffen. Das gelingt mir zwar nicht sonderlich gut, doch für ein paar Flaschen Bier geht es sich aus. Sollte es nicht reichen, muss ich eben nochmal nachlegen.

Zur Not gibt es zum Schluss eben warmes Bier. Da kennt man es dann eh nicht mehr so und außerdem hoffe ich, dass die beiden nicht bis in die Puppen sitzen bleiben.

Als ich das Bier verstaut habe, widme ich mich der Lyoner, um sie in dünne Scheiben zu schneiden.

15. Kapitel

20. Juli, abends halb sieben in Niederhaibach

Jetzt dauert es nicht mehr lange und die Grenzhubers sollten hier ankommen. Alles ist vorbereitet und meine Frau deckt den Tisch auf der Terrasse, während ich mir ein paar Plastiktütchen bereitlege, in denen ich das DNA-Material aufbewahren kann, sobald ich diese in Händen halte.

„Kannst du noch zwei Flaschen Wasser aus dem Keller holen?“, fragt Rosi.

Natürlich tue ich dies sofort, denn meine Frau hat etwas gut bei mir. Als ich im Keller bin, nehme ich neben dem Wasser auch noch zwei Flaschen Bier mit. Schließlich nehme ich gleich zwei aus dem Kühlschrank, den ich dann gleich wieder auffüllen kann.

Als ich wieder im Erdgeschoss ankomme, klingelt es auch schon an der Haustür. Wenn es die Grenzhubers sind, dann sind sie etwas zu früh dran. Ich gehe zum Eingang und öffne. Tatsächlich stehen die beiden vor mir und Frau Grenzhuber hält eine Flasche Wein in der Hand, die sie mir entgegenhält.

In diesem Moment fällt mir ein, dass ich nicht mal mehr weiß, wie sie mit Vornamen heißt.

„Vielen Dank für die Einladung“, sagt sie und lächelt mir freundlich zu.

„Ach, das war doch längst überfällig“, winke ich ab.

Natürlich war es das nicht, aber offensichtlich sind die beiden recht erfreut über unsere Einladung. Das macht es vielleicht leichter an ihre DNA zu kommen.

„Kommt einfach durch auf die Terrasse!“, biete ich ihnen an. „Die Schuhe könnt ihr gerne anlassen.“

Als beide mir den Rücken zudrehen, sehe ich im Licht des Sonnenscheins, dass ein Haar von Frau Grenzhuber lose an ihrem T-Shirt hängt. Es hat sich schon gelohnt, dass ich meine Brille aufgesetzt habe. Blitzschnell zupfe ich es von dem Stoff und wie durch ein Wunder hat sie nichts davon mitbekommen.

Während meine Rosi die beiden auf der Terrasse in Empfang nimmt, frage ich Heribert ob er ein Bier möchte. Natürlich stimmt er zu und ich gehe zurück in die Küche, wo ich die Plastiktütchen bereitgelegt habe.

Säuberlich verpacke ich das einzelne Haar, bevor ich zwei Bier aus dem Kühlschrank hole. In diesem Moment kommt auch Rosi in die Küche. Vermutlich um Getränke für die Grenzhuberin und sich selbst zu holen.

„Sag mal, wie heißt eigentlich die Grenzhuberin?“, frage ich meine Frau leise.

Sie sieht mich vorwurfsvoll an.

„Das ist jetzt nicht dein Ernst“, entgegnet sie. „Du kennst nicht mal den Namen deiner Verdächtigen, und fast noch schlimmer, deiner Gäste?“

„Ja, ich gebe es zu“, murmle ich. „Ich habe ihn vergessen.“

„Sie heißt Anna“, sagt Rosi leise.

„Ja genau. Jetzt fällt es mir wieder ein.“

Sie wirft mir einen amüsierten Blick zu, während sie zwei Gläser aus dem Küchenschrank holt.

„Von ihr habe ich übrigens schon ein Haar“, sage ich verschwörerisch.

„Das ging ja schnell“, entgegnet sie mit einem anerkennenden Nicken.

„Bei ihm wird es wohl etwas schwieriger“, brumme ich nachdenklich. „Er hat ja nicht mehr allzu viel Haare. Wenn es ganz schlecht läuft, muss ich mich mit einer Flasche begnügen, aus der er getrunken hat.“

„Vielleicht ergibt sich ja noch eine Gelegenheit, dass du an ein Haar kommst“, erwidert sie.

Wir beide gehen mit den Getränken zurück auf die Terrasse. Als ich die Bierflasche vor Heribert abstelle, sehe ich mir sein T-Shirt genau an und auch seinen Kopf mustere ich aufmerksam, doch leider kann ich kein loses Haar ausfindig machen. Wenn ich ihm jetzt einfach welche ausreiße, dann wird er sicherlich misstrauisch.

Daher gehe ich zu meinem Platz und setze mich. Rosi hingegen geht zurück ins Haus. Da fällt mir auf, dass der Wurstsalat noch fehlt. Kurz darauf kommt meine Frau damit auch schon zurück.

„Ich hoffe ihr mögt alle Wurstsalat“, sagt Rosi, als sie die Schüssel auf den Tisch stellt.

„Natürlich, ich liebe Wurstsalat“, sagt Heribert und greift auch schon nach dem Löffel, um sich seinen Teller zu füllen.

Benehmen ist nicht unbedingt seine Stärke. Normalerweise wartet man doch, bis man aufgefordert wird, sich zu bedienen. Er lädt sich den Teller so voll, dass er beinahe überschwappt.

Ich versuche mich auf mein Vorhaben zu konzentrieren, auch wenn ich im Moment schwer damit beschäftigt bin, dass der Heribert mir den ganzen Wurstsalat wegisst und am Ende für mich kaum noch etwas übrigbleibt. Aber ich nutze den Moment und suche auf der Haut seiner Arme und Hände nach Verletzungen, die von dem Zaun stammen könnten. Leider kann ich nirgends auch nur den kleinsten Kratzer ausmachen. Auch an Annas Armen kann ich keine Wunde erkennen. Sollten sie doch nichts mit dem Tod von Lugge zu tun haben?

Während die Grenzhuberin ohne Punkt und Komma quasselt, schaufelt ihr Mann den Wurstsalat in sich rein. Mir wird langsam klar, warum ich mit den beiden nicht so richtig warm werde.

Ich wechsle einen Blick mit Rosi, die meine Meinung bezüglich unserer Gäste offensichtlich teilt.

Ihre Miene spricht Bände und ich kann sehen, dass sie von ihrer Gesprächspartnerin sehr genervt ist.

Meine Frau ist ja auch nicht auf den Mund gefallen, aber gegenüber der Grenzhuber Anna hat sie kaum eine Chance auch nur ein Wort einzuwerfen.

„Hast du noch eins?“, fragt mich Heribert kauend und hebt dabei seine leere Bierflasche an.

„Natürlich“, entgegne ich überrascht.

Während er seine Flasche bereits ausgetrunken hat, ist meine noch drei viertelt voll. Dabei gehöre ich eigentlich nicht zu den Leuten, die Stunden für ein Bier brauchen. Aber Heribert schüttet es regelrecht in sich hinein. Er trinkt genauso hastig, wie er isst und das ist nicht gerade angenehm mitanzusehen.

Wenn die beiden so weitermachen, zerreißt es mir in einer halben Stunde den Schädel und die Wurstsalatschüssel ist in drei Minuten leer. Während ich erst ein Paar Gabeln Wurstsalat gegessen habe, ist der Teller vom Heribert bereits leer.

Erneut schiebt er seinen Teller zu der Schüssel und lädt sich nochmal eine riesige Portion auf.

„Ich hole nochmal etwas Brot“, sagt meine Frau und steht auf.

Anschließend geht sie zu Heribert, bis sie neben ihm steht und greift nach dem Brotkorb. Ich sehe genau, wie sie ihre freie Hand dem Hinterkopf von Heribert nähert. Da nur ich ihm gegenübersitze, bin ich der Einzige, der das Geschehen sehen kann. Während sie den Brotkorb zurückzieht, zupft sie an

Heriberts Haaren. Das macht sie so geschickt, dass sie genau in dem Moment den Brotkorb in der Nähe des Hinterkopfes entlangstreifen lässt.

Heribert stößt einen spitzen Schrei aus.

„Oh entschuldige“, ruft meine Frau und sieht ihn mit treuem Blick an. „Jetzt bin ich mit dem Brotkorb an deinen Haaren hängengeblieben.“

„Ach das macht doch nichts“, erwidert er und widmet sich gleich darauf wieder seinem Wurstsalat.

Als keiner mehr auf sie achtet, zwinkert sie mir zu. Anerkennend und mit stolz geschwellter Brust schenke ich ihr ein Lächeln. Das ist meine Rosi und ich bin so stolz auf sie!

16. Kapitel

20. Juli, abends halb zehn in Niederhaibach

Als die Genzhubers endlich gegangen sind, nehme ich meine Frau in den Arm und drücke sie an meine Brust.

„Das hast du toll gemacht!“, rufe ich und küsse sie auf die Stirn.

„Ich habe die Haare in diese Tüte gepackt“, erwidert sie und hält das kleine Plastiktütchen triumphierend vor meine Nase.

„Ich bringe beide Tüten gleich morgen Früh zu den Kollegen und dann werden wir bald wissen, ob einer der beiden über Quirins Zaun geklettert ist und sie was mit Lugges Tod zu tun haben.“

Am liebsten würde ich es ja jetzt gleich noch wissen, doch um diese Zeit haben die Kollegen der Forensik natürlich Feierabend und es werden nur absolute Notfälle bearbeitet.

„Wie bist du eigentlich auf die Idee gekommen, den Brotkorb zur Tarnung für deinen Übergriff zu nehmen?“, frage ich neugierig.

„In den Filmen wird doch auch immer mit einem Ablenkungsmanöver gearbeitet“, erwidert sie und lächelt stolz.

Da haben sich doch die Filmeabende wirklich gelohnt. Ich helfe Rosi noch beim Aufräumen. Während ich das Geschirr und die Gläser von dem Terrassentisch hole, räumt Rosi alles in die Spülmaschine. Anschließend bringe ich die leeren Flaschen in den Keller und als wir endlich fertig sind, ist es schon nach zehn Uhr.

Ich hoffe wirklich, dass sich der ganze Aufwand gelohnt hat. Zumindest habe ich die DNA und das ist ein Teilerfolg.

„Also ich gehe jetzt ins Bett“, sagt Rosi und gähnt.

„Ja, das mache ich auch“, murmle ich und folge meiner Frau ins Schlafzimmer.

Der Tag war anstrengend und die Hitze macht mich zusätzlich fertig. Selbst jetzt um diese Uhrzeit ist es noch unangenehm heiß. An erholsamen Schlaf ist da kaum zu denken.

Als ich im Bett liege, schiebe ich die Bettdecke zur Seite. Ich kann mich nicht zudecken, ansonsten würde ich den Hitzetod sterben. Zu dieser Jahreszeit sehne ich mich wirklich nach dem Winter. Da ist mir ja ein Meter Schnee noch lieber, auch wenn ich das Frühjahr und den Herbst noch vorziehe.

Meiner Frau macht die Hitze bei Weitem nicht so viel aus. Sie sieht fast so aus, als würde sie frieren. Die Decke zieht sie bis zum Kinn hoch, bevor sie das Licht löscht. Schon ein paar Minuten später höre ich sie langsam und gleichmäßig atmen. Sie schläft bereits, während ich hier mit der Hitze kämpfe. Ich wälze mich hin und her und so sehr ich es auch versuche, ich kann einfach nicht einschlafen.

Es ist nicht nur die Wärme, die mich am Schlafen hindert. Der Tag und vor allem der Abend heute war überaus aufregend. Gedanklich gehe ich alles nochmal durch und dann frage ich mich, ob ich vielleicht mit den Mördern meines Freundes Lugges an einem Tisch gesessen bin.

Auch wenn die beiden keine Sympathieträger sind, wie Mörder kommen sie mir auch nicht vor. Sie wirkten heute Abend völlig gelassen und von schlechtem Gewissen war nichts zu bemerken. Als ich das Gespräch auf Lugges Tod gelenkt habe, um ihre Reaktion zu prüfen, wirkten beide überaus betroffen. So reagieren doch keine Mörder.

Es gab keinerlei Anzeichen von Schuld, weder bei Frau Grenzhuber, noch bei ihrem Mann. Der hat sogar das Essen unterbrochen, nur um seine Betroffenheit kundzutun. Was für ihn schon fast außergewöhnlich ist. Seufzend stoße ich den Atem aus und verscheuche die Gedanken. Ich versuche an weiße Schafe auf grüner Wiese zu denken, um endlich einschlafen zu können.

Als ich die Augen öffne, spüre ich die warmen Sonnenstrahlen auf meiner Haut. Wenigstens am Morgen ist es einigermaßen erträglich mit den Temperaturen. Das Bett meiner Frau ist bereits leer. Wie es aussieht ist sie schon wieder auf den Beinen.

Es ist mir ein Rätsel, wo sie all die Energie hernimmt. Das muss genetisch bedingt sein.

Ich rapple mich aus dem Bett. Immerhin möchte ich heute so schnell wie möglich in der Arbeit sein, damit ich den Kollegen meine Beute gleich bringen kann. Ein Blick auf die Uhr verrät mir, dass ich schon spät dran bin. Wenn ich mich spute, könnte ich es schaffen, noch vor den Kollegen der Forensik im Revier zu sein. Mit etwas Glück vermeide ich einen Kontakt mit dem Labordrachen.

Als ich angezogen bin, mache ich mich auf den Weg in die Küche. Dort hat Rosi bereits den Frühstückstisch gedeckt. Stehend schmiere ich mir schnell ein Marmeladenbrot und klappe es in der Mitte zusammen. Bevor ich abbeiße, gönne ich mir noch einen großen Schluck Kaffee.

„Ich muss los“, sage ich zu Rosi und drücke ihr einen Kuss auf die Wange.

„Aber …“

„Entschuldige, aber ich habe es wirklich sehr eilig“, unterbreche ich sie.

Ich habe jetzt wirklich keine Zeit, um mir von ihr eine Standpauke zu meiner Ernährung anzuhören. Daher schnappe ich mir meine Autoschlüssel und gehe nach draußen. Als ich die Garage mit dem Auto verlasse, steht Rosi vor der Haustür und wedelt mit den Plastiktütchen, wegen denen ich den ganzen Aufwand gestern Abend betrieben habe. Jetzt hätte ich sie tatsächlich liegenlassen.

Als ich die Fensterscheibe runterlasse, kommt Rosi zu mir.

„Ich wollte dir davor einfach nur sagen, dass du die Haare vergessen hast“, sagt sie und grinst mich dabei schadenfroh an.

„Wenn ich dich nicht hätte“, murmle ich und zwinkere ihr entschuldigend zu, bevor ich die Päckchen in meine Hosentasche schiebe.

Anschließend schließe ich das Autofenster und gebe Gas. Im Rückspiegel sehe ich, wie Rosi lachend den Kopf schüttelt, bevor sie wieder ins Haus geht.

Als ich kurze Zeit später im Revier ankomme, gehe ich gleich zu den Kollegen der Forensik, um die DNA-Proben abzugeben. Die junge Kollegin, die ich recht gern mag, ist auch schon da. Allerdings ist sie nicht die Einzige. Auch der Labordrache sitzt schon auf ihrem Stuhl und sieht mich nicht sonderlich erfreut an, als ich den Raum betrete. Sie ist meine ganz persönliche Freundin. Mit ihr werde ich einfach nicht warm. Sie ist aber auch ein unfreundlicher Mensch.

„Guten Morgen“, sage ich freundlich in die Runde.

Alle, außer dem Labordrachen, erwidern meinen Gruß. Sie zieht nur die rechte Augenbraue in die Stirn und sieht mich feindselig an.

„Sie wollen bestimmt wieder etwas ganz schnell von uns untersucht haben“, sagt sie genervt.

„Sie kennen mich einfach zu gut“, entgegne ich mit einem freundlichen Lächeln.

Ich bin nicht sicher, was sie zu meiner Bitte sagen wird. Vermutlich, dass ich genauso wie alle anderen warten soll, bis ich dran wäre. Lieber wäre es mir, ich könnte mit der jungen Kollegin die Untersuchung besprechen. Leider gibt es jedoch keinen Weg an dem Labordrachen vorbei. Sie hat hier nun einmal das Sagen. Wenn sie da ist, dann entscheidet sie, wie der Zeitplan gestaltet wird.

Ich hole die kleinen Tütchen aus meiner Hosentasche und lege sie ihr auf den Schreibtisch.

„Ich müsste wissen, ob eine der beiden DNAs mit dem Blut vom Zaun zusammenpasst."

Die Augen des Labordrachen verengen sich und sie sieht mich misstrauisch an. Dann nimmt sie die Päckchen an sich und hält sie gegen das Licht, um sie genau anzusehen.

„Naja, die Verpackung ist nicht sonderlich professionell", sagt sie vorwurfsvoll.

„Tut mir leid, ich musste improvisieren", erwidere ich schulterzuckend.

„Wir melden uns, wenn wir die Ergebnisse haben", brummt sie und wendet sich ab.

Natürlich behält sie für sich, wie lange dies dauern wird. Wenn ich sie jetzt allerdings danach frage, giftet sie mich wieder an und lässt sich dann besonders lange Zeit. Hilfesuchend sehe ich zu der jungen Kollegin, die mir aufmunternd zunickt. Ich verlasse mich jetzt einmal darauf, dass dies bedeutet, sie würde sich der Sache so schnell wie möglich annehmen.

17. Kapitel

21. Juli, morgens halb neun in Straubing

„Also hast nicht du, sondern deine Frau die DNA-Proben besorgt?“, fragt Hansi amüsiert, nachdem ich ihm und Simone vom vergangenen Abend erzählt habe.

„Das Haar der Frau habe ich erbeutet, aber für die Haare vom Grenzhuber heimst meine Frau die Lorbeeren ein.“

„Und bis wann bekommen wir die Ergebnisse?“, fragt Simone.

Ich zucke mit den Schultern.

„Keine Ahnung.“

Simone runzelt die Stirn.

„Hast du denn die Kollegen nicht gefragt?“, hakt sie nach.

„Ich habe mich nicht getraut“, gestehe ich.

Meine beiden Kollegen sehen mich irritiert an.

„Der Labordrache war nicht sonderlich über meinen Besuch erfreut“, erkläre ich ihnen.

„Ihr beide könnt einfach nicht miteinander“, sagt Hansi amüsiert.

„Sie hat was gegen mich“, erwidere ich unschuldig.

„Ja, weil du immer versuchst ihr Druck zu machen“, sagt er tadelnd.

„Das mache ich doch gar nicht.“

„Natürlich nicht“, sagt Simone in einem ironischen Tonfall, der mir nicht gefällt.

„Zumindest hat mir die junge Kollegin zu verstehen gegeben, dass sie versucht sich gleich der Sache anzunehmen.“

„Dann warten wir also ab“, brummt Hansi.

Ich bin guter Dinge, dass wir heute noch Rückmeldung bekommen. Aber bis dahin heißt es jetzt Däumchen drehen. In der Zwischenzeit wäre doch jetzt wohl mal etwas Lob angebracht. Keiner meiner Kollegen hat ein Wort zu meinem genialen Plan verloren. Wie es scheint halten sie solch tolle Ideen für selbstverständlich.

Vermutlich liegt es daran, dass sie mich einfach schon so gut kennen, dass sie diese strategischen Schachzüge geradezu von mir erwarten. Stolz recke ich das Kinn und sehe von Hansi zu Simone und wieder zurück.

„Ist was?“, fragt Hansi mit gerunzelter Stirn.

„Wollt ihr nicht was zu meiner Vorgehensweise sagen?“

Hansis Mundwinkel heben sich und er grinst wissend.

„Jetzt möchte er wieder gelobt werden“, informiert er Simone, die etwas unschlüssig dreinschaut.

Daraufhin fängt sie an zu schmunzeln.

„Das hat Rosi wirklich super gemacht“, sagt sie schließlich.

„Es war mein Plan“, erwidere ich.

Natürlich habe ich nichts dagegen, dass Rosi für ihren Einsatz Anerkennung erhält, aber so ganz unbeteiligt war ich ja schließlich auch nicht.

„Natürlich, das war wirklich eine tolle Idee.“

Simone grinst und ich rolle mit den Augen. So ein erbetteltes Lob ist nicht sonderlich zufriedenstellend. Wie es scheint wird meine Arbeit hier nicht mehr sonderlich wertgeschätzt. Vielmehr ist es wohl eine Selbstverständlichkeit, dass ich hier die besten Ideen einbringe.

Schmollend lehne ich mich in meinem Stuhl zurück und verschränke die Arme vor der Brust.

„Jetzt ist er beleidigt“, witzelt Hansi.

„Ich bin nicht beleidigt“, flunkere ich.

Natürlich bin ich beleidigt, aber das würde ich niemals zugeben.

Es ist schon später Vormittag, als schließlich der erlösende Anruf der Kollegen kommt. Sie haben die DNA-Proben untersucht und die junge Kollegin teilt mir die Ergebnisse telefonisch mit, weil sie weiß, wie sehr wir darauf warten.

Simone drückt auf die Taste des Lautsprechers, damit wir mithören können.

„Die DNA stimmt nicht mit dem Blut am Zaun überein“, informiert sie uns.

Seufzend stoße ich den Atem aus und schüttle den Kopf. Dann habe ich mir die ganze Arbeit gestern Abend wohl umsonst gemacht. Es ist zum Haare raufen und Rosi wird sicher auch nicht erfreut sein, zu erfahren, dass sie das Geschwätz der Grenzhuberin völlig umsonst ertragen hat.

„Aber es muss ein naher Verwandter von der männlichen DNA gewesen sein“, sagt die junge Kollegin kurz darauf.

Ich wechsle einen Blick mit meinen Kollegen und offensichtlich sind sie ebenso positiv von dieser Nachricht überrascht, wie ich es bin. Dann war mein Einsatz wohl doch nicht umsonst, denn diese Information schränkt den Täterkreis gewaltig ein.

„Wie nahe verwandt?“, hakt Simone nach.

„Verwandtschaft ersten Grades. Das Blut stammt wohl vom Sohn, Vater oder Bruder des Mannes, von dem ihr uns die DNA-Probe gegeben habt.“

„Das ist ja schonmal eine heiße Spur“, sagt Simone in zufriedenem Tonfall.

Während Simone noch mit der jungen Kollegin telefoniert, suche ich in der Datenbank nach Geschwistern von Heribert Grenzhuber. Ich weiß, dass sein Vater schon gestorben ist und er keinen Sohn hat. Tatsächlich finde ich zwei Brüder.

Einer wäre mir lieber gewesen, denn dann hätten wir jetzt nicht zwei Personen als Täter zur Auswahl. Aber man soll schließlich mit dem zufrieden sein, was man hat. Deswegen lasse ich die Namen und Adressen der zwei Brüder ausdrucken.

Als Simone den Hörer auflegt schiebe ich ihr den Zettel über den Schreibtisch.

„Das sind die beiden Brüder“, sage ich zu ihr.

„Keine Söhne oder der Vater?“, hakt sie nach.

Ich schüttle den Kopf.

„Keine Söhne, Vater tot“, erwidere ich knapp.

„Denen sollten wir einen Besuch abstatten“, schlägt sie vor und wirft einen Blick auf das Stück Papier.

Hansi lehnt sich im Stuhl zurück und seufzt.

„Wo müssen wir hin?“, fragt er sichtlich genervt.

Simone gibt die Adresse in den Routenplaner ein.

„Einer wohnt achtzig Kilometer entfernt und der andere zwanzig“, erklärt sie.

„Na bravo, dann sind wir jetzt den ganzen Tag damit beschäftigt, in der glühenden Hitze durch die Gegend zu fahren“, brummt Hansi. „Können wir die zwei nicht einfach herbestellen?“

„Ich bin ganz seiner Meinung“, stimme ich Hansi zu, denn ich kann sehr gut darauf verzichten, die meiste Zeit des Tages in der Hitze zu verbringen.

„Ich rufe die beiden mal an“, schlägt Simone vor.

Sie greift zum Telefonhörer und macht die Anrufe. Dabei bekommen wir mit, dass einer der beiden Brüder wohl nicht zu uns kommen kann. Beim zweiten scheint sie mehr Glück zu haben. Sie vereinbart einen Termin mit ihm und ich hoffe wirklich, dass es sich bei dem um den mit den achtzig Kilometern handelt.

„Beide konnte ich erreichen und der eine Bruder kommt heute gegen sechzehn Uhr vorbei. Der andere hat jedoch kein Auto, daher müssen wir zu ihm fahren“, sagt Simone, als sie das Telefongespräch beendet hat.

„Wie viele Kilometer?“, fragt Hansi und verzieht das Gesicht.

Er hofft bestimmt genauso sehr wie ich, dass es nur die zwanzig sind.

„Wir haben Glück“, zwinkert sie uns zu.

Hansi wirkt erleichtert und wir stehen alle auf, um uns auf den Weg zu machen.

18. Kapitel

21. Juli, mittags halb zwölf in Straubing

„Wir brauchen einen Grund, warum wir ihn befragen wollen“, wirft Simone ein, als wir im Auto sitzen.

Da liegt sie nicht ganz falsch. Immerhin können wir nicht sagen, dass wir die DNA ungerechtfertigt untersucht haben. Also brauchen wir eine Ausrede, warum wir ausgerechnet ihn befragen. Immerhin gibt es überhaupt keine Verbindung von ihm zum Lugge. Abgesehen davon, dass sein Bruder im selben Ort wie unser Opfer wohnt.

„Behaupten wir doch einfach, dass uns ein anonymer Hinweis zu ihm führt“, schlägt Hansi vor.

„Sagen wir einfach, jemand hat uns gesagt, er wäre mit Lugge bekannt gewesen“, stimme ich ihm zu.

Simone nickt und als wir endlich bei der Adresse ankommen, stehen wir vor einem außergewöhnlichen Einfamilienhaus. Es sieht ziemlich modern und luxuriös aus, und dennoch irgendwie anders. Als hätte ein Künstler sich ausgelassen. Runde Fenster und schräge Wände sind schließlich nicht so alltäglich. Wir steigen aus und nähern uns der Haustür. Diese wird geöffnet, noch bevor wir klingeln. Der Mann scheint uns bereits zu erwarten.

„Herr Rupert Grenzhuber?“, fragt ihn Simone.

Er nickt uns zu.

„Was kann ich für Sie tun?“, entgegnet er.

„Dürfen wir reinkommen?“, hake ich nach.

„Natürlich“, erwidert er schulterzuckend, wendet sich um und geht zurück ins Haus.

Wir folgen ihm. Überraschenderweise führt er uns nicht in die Küche oder ins Wohnzimmer, sondern in ein Büro. Dort befindet sich ein Konferenztisch, an dem er uns einen Platz anbietet.

„Also, warum habe ich Straubinger Polizisten im Haus?“, fragt er neugierig.

Er sieht nicht nervös oder irgendwie angespannt aus. Womöglich bedeutet dies, dass er nicht unser Mann ist. Ich sehe mich in seinem Büro um. Wie es aussieht, ist der Mann Architekt, denn sein Zertifikat hängt gerahmt an der Wand. Außerdem gibt es ein Regal mit verschiedenen Modellen. Dazu würde auch der Stil des Hauses passen.

Wie es aussieht hat es dieser Mann ziemlich weit gebracht. Ich glaube nicht so recht, dass er unser Täter ist. Sein Verhalten und das Umfeld lassen etwas anderes vermuten.

„Kennen Sie einen Ludwig Griesbauer?“, fragt Simone ihn geradeheraus.

Er runzelt die Stirn und sieht nachdenklich aus.

„Nicht das ich wüsste“, antwortet er. „Aber ich kann noch in den Kundendateien nachsehen. Vielleicht war er ja mal ein Kunde von mir.“

Daraufhin steht er auf und setzt sich an seinen Computer. Es dauert nicht lange, bevor er den Kopf schüttelt und wieder zu uns kommt.

„Nein, der Name taucht auch bei meinen Kunden nicht auf", sagt er schließlich.

„Sie kennen den Namen nicht zufällig über Ihren Bruder?", hake ich nach.

„Welchen Bruder meinen Sie?", fragt er nach.

„Heribert Grenzhuber", antworte ich.

„Mit ihm habe ich nicht so viel zu tun. Wir sehen uns lediglich zu größeren Familienfeiern", entgegnet er.

Wie es scheint ist das Verhältnis zwischen ihm und Heribert nicht sonderlich gut. Daher kann ich mir auch nicht vorstellen, dass er über seinen Bruder den Lugge kennengelernt hat. Angestrengt denke ich darüber nach, wie ich an ein Haar von ihm kommen könnte. Auch wenn das natürlich nicht legal wäre, so könnte ich zumindest prüfen, ob er der Bruder ist, der über den Zaun der Meilers gestiegen ist.

„Wir haben eine DNA und müssten ausschließen, dass es Ihre ist. Hätten Sie etwas dagegen, uns ein Haar von Ihnen zu geben? Sie müssen das natürlich nicht tun", sagt Simone zu ihm.

Es ist nicht zu übersehen, dass er ein Auge auf Simone geworfen hat. Offensichtlich gefällt sie ihm. Jetzt bin ich ja mal gespannt, ob sie mit dem Bezirzen erfolgreich ist, und wir ein Haar von ihm bekommen.

„Wird dann meine DNA in der Polizeidatenbank gespeichert?“, fragt er sichtlich misstrauisch.

„Nein, wir nutzen sie nur für den einen Abgleich“, antwortet sie.

Er greift auf seinen Kopf und reißt sich ein Haar aus. Anschließend hält er es Simone entgegen.

„Aber passen Sie gut darauf auf“, sagt er zu ihr. „Nicht dass es in falsche Hände gelangt.“

Er zwinkert ihr zu und Simone schmunzelt lediglich. Ihr ist sicherlich nicht entgangen, dass er sie attraktiv findet. Simone wusste diesen Vorteil zu nutzen und packt nun ihre Beute in die kleine Plastiktüte.

Anschließend verabschieden wir uns von dem Mann und kurz bevor wir das Haus verlassen, ruft Rupert Grenzhuber Simone noch etwas hinterher.

„Kann ich Ihre Telefonnummer haben?“

„Natürlich, steht im Telefonbuch unter Polizeirevier Straubing“, erwidert sie frech und wirft ihm einen amüsierten Blick über die Schulter zu.

Als wir das Haus verlassen haben, reckt Simone triumphierend das Kinn.

„Seht ihr, so kommt man legal an DNA-Proben.“

„Tja, leider sind nicht alle von uns mit weiblichen Reizen gesegnet“, erwidert Hansi.

Ich kann mir ein Lachen nicht verkneifen und nicke Hansi zu.

„Das kann ich nur so unterstreichen.“

„Leute, das nennt man taktische Ermittlungen“, entgegnet sie grinsend.

„Zumindest können wir mit dieser DNA als Grundlage gut arbeiten“, sagt Hansi. „Aufgrund dieser können wir nun auch die DNA des dritten Bruders einfordern, weil wir ein Verwandtschaftsverhältnis zum Blut am Zaun nachweisen können.“

„Hoffentlich schaffen es die Kollegen noch die DNA abzugleichen, bevor der dritte Bruder zur Befragung kommt“, murmle ich, als wir auf der Fahrt zurück zum Revier sind.

„Das wird wohl eine knappe Nummer“, erwidert Hansi zweifelnd.

„Bestechung hilft ja bekanntlich beim Labordrachen nicht“, brumme ich, denn mit dieser Frau habe ich so meine Probleme.

„Na ja, das ist aber nur bei dir so. Auf sie wirkst du wie ein rotes Tuch, daher werde ich sie um eine schnelle Bearbeitung bitten“, entgegnet Simone schmunzelnd.

„Ich frage mich nur, warum sie mich nicht leiden kann.“

Ich kann mich nicht daran erinnern, dieser Frau irgendwann etwas getan zu haben. Wie es aussieht, fühlt sie sich durch meine bloße Anwesenheit genervt, denn immer, wenn ich bei den Kollegen der Forensik auftauche, straft sie mich mit finsteren Blicken oder rollt genervt mit den Augen.

„Na ja, du kannst manchmal schon richtig fordernd sein, wenn du etwas möchtest. Und ganz ehrlich, ein Charmebolzen bist du ja nicht gerade“, sagt Simone und verzieht dabei belustigt ihre Mundwinkel.

„Also bitte, ich bin doch wirklich immer freundlich und zuvorkommend“, entgegne ich beleidigt.

„Wenn man von den Kollegen etwas möchte, muss man mit mehr Feingefühl rangehen. Nicht einfach reinstürmen, die Proben auf den Tisch legen und fordern, dass man die Ergebnisse möglichst schnell benötigt.“

Bei Simones Worten runzle ich die Stirn.

„Aber wenn es doch eilt.“

Simone schüttelt lachend den Kopf.

„Was glaubst du, wie viele Kollegen behaupten, ihr Fall hätte absolute Priorität?“

Als ich über Simones Frage nachdenke, wird mir klar, was genau sie mir damit sagen möchte. Vermutlich bin ich nicht der Einzige, der von den Kollegen der Forensik so schnell wie möglich die Ergebnisse erbittet. Doch vielleicht machen andere dies tatsächlich mit mehr Unterwürfigkeit, was mir so gar nicht liegt.

Da gebe ich doch lieber ab und an mal einen Kaffee aus, aber das scheint für den Labordrachen nicht auszureichen. Womöglich sollte ich da an meiner Ausdrucksweise etwas arbeiten.

„Da bin ich ja mal gespannt, ob du es schaffst den DNA-Abgleich bis zur Befragung zu bekommen“, brumme ich schmollend.

„Wir werden sehen“, erwidert sie zuversichtlich.

19. Kapitel

21. Juli, nachmittags halb vier in Straubing

Triumphierend kommt Simone mit einem Blatt Papier in der Hand zurück. Sie war bei den Kollegen der Forensik und hat versucht eine schnelle DNA-Analyse zu erreichen und wie es aussieht ist ihr das auch gelungen. Ich frage mich nur, warum das bei ihr funktioniert, aber bei mir nicht.

Wie es aussieht hat Simone einen guten Draht zum Labordrachen, während diese Frau mich geradezu verachtet. Ob ich das auf meine alten Tage nochmal hinbiegen kann bleibt ungewiss. Allerdings werde ich alles daransetzen, denn aufgeben ist für mich keine Option. Auch wenn der Labordrache und ich ganz gewiss in diesem Leben keine Freunde mehr werden, sollte ich es doch soweit hinbiegen können, dass wir ein gutes Arbeitsklima haben.

„Ich habe ja gesagt, ich habe die Ergebnisse noch bevor Herr Grenzhuber kommt“, sagt sie mit überheblichem Unterton in der Stimme.

„Jetzt mach es nicht so spannend!“, fordere ich ungeduldig. „War er es?“

„Nein, der Architekt ist wohl unschuldig“, antwortet sie nach kurzem Zögern, bei dem sie meine Anspannung regelrecht auskostet.

„Dann muss es der andere Bruder gewesen sein“, murmelt Hansi.

„Sieht so aus, denn auch beim Architekten waren die DNA-Ergebnisse eindeutig, was das Verwandtschaftsverhältnis betrifft“, sagt Simone.

„Ich bin ja wirklich gespannt, was der Mann jetzt gleich zu sagen hat, wenn er denn mal endlich auftaucht.“

Ungeduldig sehe ich zur Uhr. Eigentlich müsste der Kerl doch schon hier sein. Immerhin war mit ihm vereinbart, dass er spätestens um vier Uhr hier wäre, und jetzt ist es schon fast vier Uhr.

Ich tausche mit meinen Kollegen genervte Blicke aus und wie es scheint, finden sie es genauso unerträglich wie ich, dass der dritte Bruder uns so schmoren lässt.

„Ich sehe mal nach, ob es einen Stau zwischen seiner Wohnung und dem Revier gibt“, sagt Simone, als er bereits einige Minuten zu spät ist.

Sie tippt auf ihrer Tastatur und hat den Blick fest auf den Bildschirm geheftet. Natürlich dauert es nicht lange, bis sie die Antwort darauf hat. Als sie den Kopf schüttelt, ist mir schon klar, dass es wohl keine Entschuldigung für sein verspätetes Erscheinen gibt.

„Kein Stau“, brummt sie.

Wir wechseln erneut einen Blick, doch diesmal ist dieser nicht genervt, sondern vielmehr misstrauisch.

„Denkt ihr, er haut ab?“, frage ich meine Kollegen.

„Verdammt“, ruft Simone und ergreift den Hörer, um Herrn Grenzhuber anzurufen.

„Er geht nicht an sein Handy“, murmelt sie nach kurzer Zeit.

„Ich gebe eine Suchmeldung raus“, entschließt Hansi kurzerhand.

Nun ist er es, der zum Telefon greift und die Kavallerie ruft. Vielleicht ist es ja zu früh, weil der Kerl doch gleich hier auftaucht. Aber wenn dem so ist, können wir die Suchmeldung ja wieder zurückrufen.

„Wir bleiben doch jetzt nicht hier und warten Däumchen drehend, bis die Kollegen den Kerl gefasst haben oder?“

Bei meiner Frage nicken beide.

„Was schlägst du vor, wo wir mit der Suche anfangen?“, erwidert Simone mit einer Gegenfrage.

„Bei seinem Bruder Heribert“, schlage ich vor. „Vielleicht weiß der ja von der Tat.“

„Oder sie haben diese sogar miteinander begangen“, stimmt Simone mir zu.

„Na dann los!“, sagt Hansi und steht von seinem Schreibtischstuhl auf.

Nach wenigen Minuten kommen wir bei Anna und Heribert Grenzhuber an. Am Straßenrand vor dem Haus stehen einige Autos.

„Kannst du mal die Kennzeichen überprüfen, ob eines der Autos auf Roman Grenzhuber zugelassen ist?“, frage ich Simone, weil sie einfach am schnellsten Informationen aus dem technischen Zeug rausbekommt.

„Klar“, entgegnet sie und zieht ihr Telefon aus der Hosentasche.

Ich nenne diese Dinger noch immer Telefon, obwohl Smartphone die korrekte Bezeichnung wäre.

„Der dunkelblaue Seat ist tatsächlich auf ihn zugelassen“, sagt Simone.

„Dann stecken die beiden unter einer Decke“, erwidere ich und meine Kollegen scheinen dies genauso zu sehen, denn sie nicken zustimmend.

Wir steigen aus und gehen auf die Haustür zu. Nach dem Klingeln dauert es eine ganze Weile, bis Heribert endlich die Tür öffnet. Wenn ich mich nicht irre, wirkt er etwas angespannt und ablehnend.

„Servus Karl, haben wir ein Treffen ausgemacht?“, fragt Heribert, als er mich sieht.

„Nein, wir sind beruflich hier“, informiere ich ihn.

„Wie kann ich denn helfen?“, fragt er.

„Wir suchen deinen Bruder Roman“, antworte ich ihm.

„Meinen Bruder?“, hakt er stirnrunzelnd nach.

Er versucht uns glauben zu lassen, dass er keine Ahnung hat. Vermutlich lügt er uns gleich an, wenn wir ihn fragen, ob sein Bruder hier ist.

„Ist er bei Ihnen?“, fragt Simone.

Wie erwartet schüttelt er den Kopf.

„Nein, wieso sollte er denn bei mir sein?“, erwidert er.

„Weil, sein Auto vor Ihrem Haus auf der Straße steht“, entgegnet Hansi trocken und mustert ihn von oben bis unten.

„Woher wollen Sie wissen, dass es das Auto meines Bruders ist?“, hakt er nach und sieht Hansi misstrauisch an.

„Weil wir es überprüft haben“, erwidert Hansi schulterzuckend.

„Also bei mir ist Roman jedenfalls nicht“, sagt er nach kurzem Zögern.

Ich sehe ihm an, dass er lügt. Auch wenn er die Arme vor der Brust verschränkt und somit die Wahrheit seiner Aussage wohl zusätzlich unterstreichen möchte, ist eine zunehmende Nervosität deutlich zu erkennen.

„Dann hast du doch sicherlich nichts dagegen, wenn wir kurz reinkommen?“, frage ich und sehe ihn herausfordernd an.

„Was soll das?“, ruft er daraufhin aufgebracht und wirft seine Arme in die Luft. „Wir sind Freunde, glaubst du mir etwa nicht?“

Es wäre wohl an der Zeit ihm klarzumachen, dass wir definitiv keine Freunde sind. Allerdings ist es wohl vernünftiger damit zu warten, bis wir den Fall abgeschlossen haben und seine Hilfe nicht mehr benötigen. Bis dahin sollte ich wohl den Anschein aufrechterhalten, als würde mir tatsächlich etwas an ihm liegen.

„Natürlich glaube ich dir“, entgegne ich daher. „Aber mir sind die Hände gebunden. Das Auto deines Bruders lässt uns keine Wahl. Immerhin sollte er heute um vier Uhr bei uns im Revier sein und da er nicht aufgetaucht ist, müssen wir natürlich überprüfen, ob ihm nichts passiert ist.“

Misstrauisch verengt Heribert seine Augen zu Schlitzen und sieht mich finster an. Vermutlich glaubt er mir kein Wort, und das kann ich ihm noch nicht einmal verdenken.

20. Kapitel

21. Juli, nachmittags halb fünf in Straubing

„Er versucht abzuhauen!“, ruft Simone plötzlich, die mit etwas Abstand die Umgebung des Hauses beobachtet hat.

Ich sehe nur noch einen Schatten vorbeihuschen. Ein Mann hüpft über den Zaun, doch da hat sich Simone längst in Bewegung gesetzt. Sie schreit ihm hinterher, er solle stehenbleiben. Kurz darauf hört man eindeutige Geräusche und als Hansi und ich schließlich bei der Straße ankommen, legt Simone dem Mann bereits die Handschellen an.

Da sie alles im Griff zu haben scheint, gehe ich mit Hansi zurück zu Heribert.

„Du hast uns angelogen“, sage ich vorwurfsvoll.

Er weicht meinem Blick aus und löst seine verschränkten Arme.

„Er ist mein Bruder“, erwidert er schließlich seufzend.

Das soll wohl eine Entschuldigung sein.

„Wir müssen dich leider auch mitnehmen“, informiere ich ihn.

„Warum denn?“, fragt er aufgebracht.

„Weil wir dich auch befragen müssen“, erkläre ich ihm.

„Was wollt ihr eigentlich von meinem Bruder?“, hakt er irritiert nach.

„Das erklären wir dir auf dem Revier“, antworte ich ihm und bitte ihn mit einer Geste uns zu folgen.

Er sieht sich unbeholfen um, bevor er sich offensichtlich entschließt uns doch zu folgen. Gute Entscheidung, denn zur Not hätte ich ihn auch in Handschellen mitgenommen. Seinem Bruder bleibt dieses Schicksal nämlich nicht erspart.

Simone führt ihn gerade mit, auf dem Rücken gefesselten Händen zum Wagen und setzt ihn auf die Rückbank. Das wird jetzt ganz schön kuschlig auf der Rückbank, denn Heribert muss neben uns drei auch noch Platz finden.

„Kann ich denn nicht mit dem eigenen Auto fahren?“, fragt Heribert. „Immerhin müssen wir ja auch irgendwie wieder nach Hause kommen.“

Er meint wohl seinen Bruder und sich selbst, was mich darauf schließen lässt, er geht davon aus, dass sie beide nach einer kurzen Befragung wieder entlassen werden. Dabei hoffe ich wirklich, dass einer von ihnen heute endlich als Täter überführt werden kann. Nur dann kann ich Lugge in Frieden gehen lassen.

„Ich fahre mit ihm“, sage ich zu meinen Kollegen, denn ehrlicherweise habe ich keine große Lust bei dieser Hitze mit vier anderen Personen in ein Auto gedrängt zu werden.

Außerdem gibt mir das die Möglichkeit Heribert noch ein bisschen auszufragen. Vielleicht bekomme ich ja etwas aus ihm heraus das etwas Licht in Lugges Todesumstände bringt.

„Weißt du eigentlich woher dein Bruder den Lugge kannte?“, frage ich ihn, als wir im Auto sitzen.

„Sie kennen sich von früher“, antwortet Heribert.

Ich bin nicht sicher, ob ihm bewusst ist, dass er mit mir hier in meiner Aufgabe als Polizist redet, oder ob er meint das wäre ein Freundschaftsplausch. Wie auch immer, ich nehme, was ich kriegen kann.

„Und woher genau?“, hake ich nach.

„Soweit ich weiß, gab es da mal eine Frau, die sie offensichtlich beide wollten“, antwortet er offen. „Aber das ist schon ewig her. Das war noch in ihrer Jugend.

So wie es aussieht denkt er tatsächlich nicht daran, dass ich nicht ein Freund von ihm bin, oder er ist der Meinung, dass sein Bruder sich nichts zu Schulden hat kommen lassen. Dann weiß er aber auch nicht, dass Lugge nicht auf natürliche Art und Weise gestorben ist, sondern wohl ermordet wurde. Es wundert mich ja, dass er nicht nachfragt, was wir seinem Bruder vorwerfen. Ich gehe davon aus, dass dieser ihm bereits alles gestanden hat. Vermutlich war er deshalb bei ihm.

„Ich habe nichts mit Lugges Tod zu tun“, murmelt er, als wir aus dem Auto steigen.

In diesem Moment wirkt er aufrichtig und traurig. Ich glaube ihm und gehe davon aus, dass sein Bruder ihm auch geradeerst von seiner Tat erzählte. Aber natürlich muss sich meine Vermutung in einer Befragung noch bestätigen.

Als wir im Revier ankommen, lade ich Heribert bei den Kollegen im Wartebereich ab. Anschließend gehe ich in unser Büro. Dort warten Hansi und Simone auf mich.

„Roman Grenzhuber sitzt im Verhörraum“, informiert mich Hansi.

„Weiß er schon, dass wir sein Blut am Zaun von den Meilers gefunden haben?“, hake ich nach.

„Nein, wir dachten es ist besser ihm das im Verhör zu vermitteln“, antwortet er.

„Ich kenne vielleicht das Motiv“, sage ich geheimnisvoll.

Meine beiden Kollegen sehen mich erwartend an.

„Na sag schon!“, fordert Hansi ungeduldig.

„Sie haben sich wohl in ihrer Jugend mal um eine Frau gestritten.“

Simone zieht ihre Augenbrauen in die Stirn.

„Und deshalb soll er ihn nach all den Jahren umgebracht haben?“

„Heribert hat mir auch erzählt, dass sein Bruder vor kurzem von seiner Frau verlassen wurde.

Vielleicht hat das ja den Ausschlag gegeben, dass alte Wunden aufgerissen sind."

„Wäre möglich", murmelt Hansi bei meiner Vermutung.

„Dann fühlen wir ihm einfach mal auf den Zahn. Er wirkte auf der Fahrt hierher sowieso recht eingeschüchtert und von schlechtem Gewissen geplagt", sagt Simone.

„Er ist aber auch nicht der Hellste oder?"

Bei Hansis Frage an Simone runzelt sie die Stirn.

„Er wirkt schon etwas verwirrt", stimmt sie ihm zu.

Wir machen uns auf den Weg zum Verhörraum und als ich die Tür öffne und den Raum betrete, sitzt da ein Häufchen Elend vor uns. Ich weiß zwar nicht warum Roman Grenzhuber den Lugge getötet hat, aber dass er es war, daran besteht nun kein Zweifel mehr.

Simone gleicht mit ihm die Personalien ab, während wir uns an den Tisch setzen. Anschließend erklärt sie ihm, dass wir sein Blut an einem Tatort gefunden haben und als sie ihm die Frage stellt, ob er Ludwig Griesbauer kennt, fängt er bitterlich an zu heulen. Er hält sich die Hände vors Gesicht und murmelt vor sich hin.

Ich kann nur Bruchstücke verstehen, doch das was ich höre ist ein Geständnis. Er beteuert, dass er den Ludwig nicht umbringen, sondern ihm lediglich eine Lektion erteilen wollte. Offensichtlich hatten sie in ihrer Jugend tatsächlich mal dieselbe Frau umgarnt und die hat sich dann wohl für den Lugge entschieden.

Vor kurzem wurde Roman Grenzhuber dann auch noch von seiner Frau verlassen und er verlor wohl seinen Job. Als er seinen Bruder besuchen wollte, um ihm sein Leid zu klagen, traf er den Lugge und da dieser von Haus aus sehr gutmütig ist, hat er sich mit ihm ein paar hinter die Binde gekippt. Sie haben über alte Zeiten geplaudert und sich dabei volllaufen lassen.

Als beide im Vollrausch waren, stiegen sie durch ein offenes Fenster in der Nachbarschaft ein. Dort befand sich eine Sauna im Keller des Hauses, in der sie sich auf die Bänke legten, um ihren Rausch auszuschlafen. Im Suff kam dann wohl Roman Grenzhuber auf die Idee dem Lugge ein bisschen Feuer unter dem Arsch zu machen, um sich dafür zu rächen, dass er ihm die Frau ausgespannt hat.

Er beteuert, dass er ihn nicht töten wollte, sondern lediglich eingeschlafen ist, und als er wieder aufwachte, war Lugge wohl schon tot. Daraufhin zerrte er ihn aus dem Haus auf die Straße und legte ihn dort am Seitenrand ab.

Als er erzählt, dass er noch so geistesgegenwärtig gehandelt hat und bei den Meilers die falschen Spuren im Saunafass platzierte, zweifle ich an seiner Aussage, er wäre völlig betrunken gewesen und wüsste nicht mehr, was er getan hatte.

„Wusste Ihr Bruder etwas davon?“, fragt Simone und nimmt mir dabei die Worte aus dem Mund.

„Nein, der hat keine Ahnung. Ich habe es niemandem erzählt und gehofft, dass es nicht auf mich zurückfallen würde“ gesteht er schluchzend. „Aber als Sie mich angerufen haben und mich sprechen wollten, ahnte ich, dass Sie mich verdächtigen. Ich bin zu Heribert gefahren und habe ihm alles gestanden. Er hat mir auch dazu geraten mich zu stellen.“

Ich kann nicht beurteilen, ob dieser Mann die Tat absichtlich oder wirklich nur aus Versehen begangen hat. Allerdings steht nun fest, dass er es war, der den Lugge auf dem Gewissen hat. Eigentlich dachte ich, die Erleichterung wäre immens, wenn ich wüsste, dass der Täter seine gerechte Strafe erhält, doch nun fühle ich mich auch nicht wirklich besser. Mein Freund ist und bleibt tot und dies nur, weil Roman Grenzhuber entweder ein völliger Idiot, oder ein kaltblütiger Mörder ist. Vielleicht werde ich die ganze Wahrheit ja nie erfahren und wenn der Täter es geschickt anstellt, kommt er womöglich auch noch mit Totschlag davon.

„Braucht ihr mich noch?“, frage ich meine Kollegen und bin erleichtert, als sie unisono den Kopf schütteln.

„Geh ruhig, wir kümmern uns um den Rest“, sagt Simone.

Ich verlasse das Revier durch den Hinterausgang, um Heribert nicht noch über den Weg zu laufen. Auch wenn er nichts dafürkann, war es dennoch sein Bruder, der meinen Freund auf dem Gewissen hat. Ihm sollte ich jetzt wohl besser aus dem Weg gehen, bevor ich noch was Dummes sage oder tue. Am besten ich fahre jetzt einfach nach Hause, setze mich mit meiner Frau auf die Terrasse, genieße ein schönes, kaltes Bier und trinke auf meinen alten Freund Lugge.

ENDE

Impressum

Elisa Lark
c/o Werneburg Internet Marketing und Publikations-Service
Philipp-Kühner-Straße 2
99817 Eisenach

E-Mail: elisa-lark@freenet.de

Vielen Dank,

für den ehrlichen Erwerb meines Buches. Ich hoffe die Geschichte um den pensionierten Polizisten Karl Ramsauer hat dir gefallen.

Falls dem so ist, würde ich mich sehr freuen, wenn du dir die Zeit nehmen würdest eine Rezension zu schreiben.

Deine Elisa Lark

Glossar

Kanapee:	Sofa, Couch
Krautwickerl:	Kohlrouladen
Hamperer:	Nichtsnutz
lagg:	abgestanden
Diandl:	Mädchen
Schwammerlsuppe:	Pilzsuppe
Batz:	Dreck
Bissgurke:	anstrengende, nervige Frau
Preiß:	Menschen, die nicht bayrisch sprechen oder nicht aus Bayern kommen
Hallodri:	Weiberheld, hinter jedem Rock her
Sulze:	gebratenes kaltes Fleisch in saurem Gelee

Hundstage:	Tage, an dem es einem schlecht geht
Spezi:	Freund, Kumpel
Watterer:	Kartenspiel
ausschoffen: (Watten)	Spielzug beim Kartenspiel
Hagelstegga:	Gehstock

Wenn ihr wissen wollt, ob der Ramsauer weiterhin auf Verbrecherjagd geht, dann haltet die Augen nach seinem nächsten Fall offen. Infos und Neuigkeiten gibt's auf meiner Facebook-Seite.

Das Böse schläft nie …

In diesem Sinne, bis zum nächsten Mal!

Printed in Poland
by Amazon Fulfillment
Poland Sp. z o.o., Wrocław

36746254R00075